LA FEMME DU MENTEUR

DU MÊME AUTEUR

Analyse économique de la vie politique, PUF, 1973.

Modèles politiques, PUF, 1974.

L'Anti-économique (avec Marc Guillaume), PUF, 1975.

La Parole et l'Outil, PUF, 1976.

Bruits, PUF, 1977.

La Nouvelle Économie française, Flammarion, 1978.

L'Ordre cannibale, Grasset, 1979.

Les Trois Mondes, Fayard, 1981.

Histoire du Temps, Fayard, 1982.

La Figure de Fraser, Fayard, 1984.

Un homme d'influence, Fayard, 1985.

Au propre et au figuré, Fayard, 1988.

La Vie éternelle, roman, Fayard, 1989.

Lignes d'horizon, Fayard, 1990.

Le Premier Jour après moi, roman, Fayard, 1990.

1492, Fayard, 1991.

Verbatim I, Fayard, 1993.

Europe(s), Fayard, 1994.

Il viendra, roman, Fayard, 1994.

Économie de l'Apocalypse, Fayard, 1994.

Verbatim II, Fayard, 1995.

Verbatim III, Fayard, 1995.

Manuel, l'enfant-rêve (ill. par Philippe Druillet), Stock, 1995.

Chemins de sagesse, traité du labyrinthe, Fayard, 1996.

Au-delà de nulle part, roman, Fayard, 1997.

Mémoires de sabliers, éditions de l'Amateur, 1997.

Dictionnaire du XXIᵉ siècle, Fayard, 1998.

Les Portes du Ciel, théâtre, Fayard, 1999.

Jacques Attali

La femme du menteur

roman

Fayard

1

Séduire, c'est se prouver qu'on est vivant, expliquait-il chaque fois qu'elle le prenait en flagrant délit et qu'il ne réussissait pas à la convaincre qu'elle avait mal vu, mal entendu, mal lu, mal compris. Mais, en règle générale, il y parvenait. Non parce qu'il était particulièrement habile, ou parce qu'il y mettait beaucoup d'énergie ou de conviction, mais parce qu'elle le voulait bien : Valentine aimait pardessus tout son confort. Et mettre Raoul face à un mensonge, le surprendre et le confondre l'aurait obligée à se fâcher, à crier, à le quitter peut-être, ce dont elle ne voulait à aucun prix. Passer à ses yeux et à ceux des autres pour crédule ne lui pesait aucunement : elle avait depuis longtemps appris à tolérer la compagnie des menteurs.

Avant Raoul, d'autres avaient traversé sa vie. À commencer par son père à qui Valentine avait fini par tout pardonner, pour ne garder de lui que quelques souvenirs rares, intenses, éblouis.

Elle avait passé toute son enfance à Montverche, modeste et tranquille sous-préfecture des bords de Loire, à égale distance de Briare et de Nevers. Elle y vivait presque toujours seule avec Orane, sa mère, dans un petit appartement en soupente auquel on accédait par un étroit escalier de bois à partir de la cuisine des Trois Horloges.

Le restaurant où officiait Gaston Rouviers, le grand-père de Valentine, avait, depuis les années trente, la réputation d'une table honnête et bon marché. Fréquenté par des représentants de commerce et les employés de la mairie, il était délaissé par les bourgeois de la ville qui lui préféraient la table guindée de l'hôtel de la Vénerie, à côté de la cathédrale, ou le gibier de l'auberge de La Courroye, à cinq kilomètres à l'est, où venaient aussi les couples furtifs descendus de Paris ou de Dijon.

Aux Trois Horloges, les voyageurs appréciaient de trouver en pleine ville un repas copieux à un prix raisonnable, servi en hiver dans un petit salon tapissé de velours gris et rose, en été dans un modeste jardin entouré de lauriers et de cyclamens, descendant en pente douce vers le fleuve.

La maison qui abritait les Trois Horloges était située à un endroit où la Loire dessine un coude très marqué, ce qui donnait l'impression aux clients d'être encerclés par l'eau. Elle était posée là sans grâce particulière. Haute d'un étage, faite de quatre murs de brique recouverts d'un toit de tuiles verdies par les pluies, elle n'avait pas la moindre originalité, si ce n'est d'être mitoyenne d'une mystérieuse propriété qui disputait à la cathédrale, au château ducal et à l'hôpital psychiatrique le privilège de compter parmi les principales attractions de la ville.

Derrière de hauts peupliers et quelques saules, au fond d'un vaste parc broussailleux s'étendant jusqu'au fleuve, se dressait, massive, la bâtisse abandonnée qu'on appelait pompeusement le Château ou la Maison Claudial, parce qu'elle avait appartenu avant guerre à une ancienne famille aristocratique de la région, les Duparry de Claudial. Jusqu'en 1939, ils n'y venaient que rarement, occupés au Havre par l'armement naval dont ils étaient propriétaires. En 1941, toute la famille avait été arrêtée à Paris et déportée à Buchenwald. On n'avait jamais su au juste pourquoi. Une longue cohorte de camions stationna pendant des jours devant la porte. Ils avaient tout emporté. Certains se souvenaient que les déménageurs s'étaient présentés au nom du ministère de la Marine de l'État français. D'autres disaient que c'était la Gestapo. Puis, plus rien. À la fin de la guerre, aucun membre de la famille n'était revenu des camps ; aucun héritier ne s'était présenté. Nul n'avait plus jamais ouvert les hautes baies vitrées du premier étage, aucune fumée n'était plus sortie des quatorze cheminées qui enorgueillissaient les toits et les tourelles. Aucun jardinier n'était plus venu nettoyer ou tailler les haies et massifs devenus informes. Fantômes et revenants étaient ses seuls hôtes, sans qu'on pût pour autant la considérer comme un bien vacant, car un puissant notable de la ville, Me Lavelloux-Graël, notaire de père en fils, payait régulièrement les impôts et les charges au nom d'une fondation anonyme domiciliée à Jersey, qui en détenait la propriété. Pour une fois insensible aux mondanités et aux honneurs, l'homme de loi n'avait jamais voulu en dire plus. Même les sous-préfets successifs qui auraient bien voulu ajouter cette information à la triste litanie de leurs rapports hebdomadaires sur l'état d'esprit des campagnes et sur la grogne des commerçants, n'obtenaient rien de lui, malgré l'opulence des dîners auxquels ils le conviaient.

Toutes les rumeurs avaient couru sur cette famille. On avait parlé d'enfants violés, de messes noires, d'un massacre en Afrique, d'un réseau d'assistance à d'anciens collabos, d'une escroquerie à l'assurance maritime, d'une secte venue d'Asie, d'une cavale en Amérique latine avec une cargaison d'or volée aux nazis, d'un crime rituel dont les cadavres achèveraient de pourrir dans les caves de la maison. Rien n'avait jamais été prouvé. Personne ne s'était risqué à vérifier. Aucun cambrioleur ne s'était aventuré à fracturer les lourds vantaux, les verrous impressionnants. On ne savait même pas s'il restait encore quelque meuble dans les trente-quatre pièces, le moindre porte-parapluies dans les six cent cinquante mètres de corridors.

Seul, depuis 1946, Me Lavelloux-Graël – père, puis fils – y pénétrait, le 22 avril de chaque année, comme pour une cérémonie expiatoire dont il n'avait jamais voulu souffler mot à personne. Et, quand il en revenait, son allure de gros chat au poil luisant, son œil terrifié derrière ses grosses lunettes ne donnaient envie à personne, pas même dans sa famille, de le faire parler.

Parfois, quand le soleil de juillet chassait toutes les images noires associées à cet endroit, des clients des Trois Horloges, dont le jardin jouxtait le parc de la Maison Claudial, se hasardaient, à l'issue d'un banquet bien arrosé, dans les broussailles du parc, au travers d'une brèche du mur, à l'angle du chemin de halage. En général, ils n'allaient pas bien loin et revenaient penauds et inquiets, comme s'ils avaient eu le sentiment d'avoir été épiés par d'occultes puissances.

Docile aux ordres paternels qui semblaient sous-entendre qu'il y avait là comme une malédiction, un blasphème, une fatalité qu'il valait mieux ne pas approcher, Orane ne s'y était jamais aventurée. Elle remarqua que son père évitait même de regarder cette maison, alors qu'elle était pourtant parfaitement visible depuis les fenêtres de leur petit appartement.

Au sortir de la guerre, après la mort de sa femme d'une tuberculose mal soignée, Gaston Rouviers était resté seul avec Orane, sa fille unique, qu'il avait élevée à la dure. Très jeune, il lui avait appris à cuisiner. Elle avait rapidement fait merveille dans l'exécution des recettes les plus sophistiquées que son père lui apprenait avec force cris et bous-culades, et même parfois quelques taloches. Et il avait été vite entendu, comme une évidence, qu'elle prendrait sa suite.

Orane ne se rebellait pas ; jamais elle n'avait contesté que son destin serait de continuer les Trois Horloges. Elle avait grandi sans grâce. Elle aurait pu être jolie si elle n'avait depuis longtemps renoncé à le paraître. Fluette, un teint presque bla-fard, de magnifiques yeux gris toujours aux aguets, contrastant avec un corps alangui et un visage abandonné, elle paraissait n'avoir aucun don pour le rire, l'humour ou même le mouvement. Tout en elle était lent. Sauf quand elle cuisinait.

À la mort de Gaston Rouviers, en 1965, elle le remplaça devant les fourneaux, continuant à préparer les lourds plats du terroir qui faisaient la réputation de la maison. Puis, à la surprise des habitués, elle modifia peu à peu la carte et, montrant une capacité d'innovation inattendue, se mit à composer des plats étranges mêlant des produits simples en assemblages insolites.

Son emploi du temps était parfaitement réglé. Elle passait l'essentiel de ses matinées à faire ses achats puis à les cuisiner, ses après-midi à étudier des recettes nouvelles, et ses jours de repos à les essayer. Les clients ne la voyaient presque jamais, certains ignorant même que le chef si inventif, si attentif au moindre détail, capable de préparer soixante-dix repas à chaque service, jusqu'à des heures indues, était une femme aussi frêle. Deux jeunes filles l'aidaient à la confection des sauces et des desserts, deux autres servaient.

Dans ses plus anciens souvenirs, Valentine revoit sa mère travailler pendant qu'elle faisait ses devoirs. Parfois, la fillette s'échappait du modeste appartement du premier étage pour descendre quelques marches de l'escalier conduisant à la cuisine ; elle regardait les mains d'Orane trancher, hacher, moudre, agencer avec une précision, une sûreté qu'elle n'avait dans aucune autre circonstance de la vie.

Le service terminé, Orane retombait dans un mutisme dont elle ne sortait que rarement. Placide, uniforme, elle vivait comme si rien ne méritait curiosité, indignation, chagrin ou sourire. Pourtant, Valentine aperçut un jour, dans le tiroir d'un placard resté exceptionnellement ouvert dans la chambre de sa mère, de très anciennes photos jaunies d'une fillette maigrichonne, riant aux éclats, avec des amis de son âge sur la plage de Cuisac. Jamais elle n'avait entendu ce rire, ni l'expression d'aucun autre sentiment, pas même le chagrin.

Une seule fois, à la fin d'un morne après-midi d'hiver, à une heure où Orane aurait dû s'affairer en cuisine, Valentine − elle venait d'avoir douze ans − surprit sa mère, effondrée sur le parquet de sa chambre, sanglotant à grandes secousses pendant que tournait sur un vieux phono un mauvais disque de Glenn Miller. Désarmée, révoltée, impuissante, la fillette écouta s'écouler une détresse dont elle ne percevait ni la cause ni l'étendue.

Rarement son père lui avait autant manqué que ce soir-là.

Car il ne les rejoignait que très épisodiquement : Antoine de Lérieux était officier dans la marine marchande.

De la rencontre de ses parents, Valentine ne savait presque rien, sinon des choses contradictoires. D'après Orane, Antoine était venu, un soir de mai, dîner aux Trois Horloges et il n'en était plus reparti. Selon son père, au contraire, Orane et lui s'étaient croisés pour la première fois en gare de Dijon ; elle lui avait demandé son chemin, ils avaient pris un verre ; elle s'était laissée impressionner par son uniforme.

Seul point commun aux deux versions : cette rencontre avait eu lieu au début du mois de mai 1958, juste avant que le général de Gaulle ne revienne au pouvoir, soit deux ans avant sa naissance.

Lorsque, vers l'âge de cinq ans, prenant conscience de cette contradiction, Valentine réalisa que l'un au moins de ses parents ne lui disait pas la vérité, ce fut pour elle un choc : le mensonge des adultes traversait sa vie pour la première fois.

La seconde se produisit peu après, quand sa mère lui révéla, comme s'il s'agissait d'une innocente plaisanterie, que le Père Noël n'existait pas. Elle ressentit comme une blessure, une trahison. Elle pensa qu'un monde où le mensonge était toléré ne pouvait être que pourri, dangereux. Elle ne comprenait pas pourquoi les adultes ne l'avaient pas depuis longtemps banni de leurs pratiques, pourquoi ils en avaient besoin. Elle se prit à penser avec horreur qu'il lui faudrait peut-être s'y habituer à son tour. Elle doutait d'y parvenir. Elle pensa qu'en cas d'échec, elle devrait quitter ce monde. Parfois, dans ses nuits de plus sombre solitude, quand elle se trouvait trop stupide, limitée, oubliée, elle se demandait s'il ne valait pas mieux partir tout de suite, avant d'avoir vraiment mal. Certains soirs, elle se répétait à l'infini le trajet qui la conduirait vers les eaux noires, là, juste en contrebas de la maison. Ce n'est que lorsqu'elle réussissait, au prix d'un immense effort, à penser à son père, qu'elle sortait de son vertige. Elle ne pouvait pas lui faire cette peine-là. Et elle se reprenait à guetter son retour.

Quand ils s'étaient rencontrés, Orane avait trente ans, Antoine quinze de plus. Ils étaient tombés d'accord pour ne pas se marier, au grand dam du père d'Orane, et ils n'avaient pas changé d'avis après la naissance de leur fille, le 24 septembre 1960, jour de la mort accidentelle d'Albert Camus.

Gaston Rouviers avait très tôt convaincu sa petite-fille qu'il y avait dans cette coïncidence un signe mystérieux, un chemin pour sa propre vie. Comme si, en mourant, l'écrivain lui avait passé quelque relais. Comme si tout nouveau-né était ainsi censé récupérer la vie d'un mort.

De tout cela elle aurait voulu parler avec son grand-père, mais le cuisinier était mort avant qu'elle eût six ans, d'un accident de la route aux circonstances demeurées mystérieuses. Elle avait cru comprendre qu'il conduisait ivre mort et avait tué plusieurs personnes avec lui. Orane s'était retrouvée seule, à trente-six ans, en 1965, pour tenir le restaurant et élever sa fille.

Leurs relations étaient chiches. Sans aucune complicité. Valentine pensait que sa mère la détestait et celle-ci ne faisait rien pour l'en dissuader. Jamais Orane n'avait accepté que Valentine dormît dans son lit. C'était comme si elle avait peur de la fillette. Comme si elle craignait d'avoir à lui faire des confidences. Et elle ne lui en fit jamais, ni sur elle-même ni sur sa famille.

De la famille de son père, de sa jeunesse, Valentine ne savait pas grand-chose non plus. Antoine n'en parlait jamais. Par pudeur, pensa-t-elle : il ne voulait sans doute pas qu'elle apprît qu'il avait été malheureux, qu'il avait eu faim, qu'il avait été triste à mourir.

Aussi loin qu'elle se souvînt, elle le revoyait rentrant de voyage, tard dans la nuit, mal rasé, épuisé, pressé d'aller se coucher. C'était comme une image floue dont elle ne savait plus très bien si elle avait été une réalité ou seulement une fiction recomposée par les ruses de sa mémoire. S'il arrivait si tard qu'elle était déjà endormie, Valentine devinait son retour, le lendemain matin, au sourire radieux de sa mère venant la réveiller, un bol de chocolat dans une main, de l'autre lui faisant signe de parler bas. L'enfant traversait alors en courant l'étroit couloir qui séparait sa chambre de celle de sa mère, afin de regarder dormir son père. Elle demeurait là longtemps. Jusqu'à ce qu'Orane la pousse dehors pour ne pas être en retard à l'école de la rue Saint-Martin.

Ces jours-là, Valentine n'écoutait pas beaucoup l'institutrice, dégustant par avance la somptueuse soirée qui l'attendait : son père allait tout lui raconter de ses périples.

Antoine de Lérieux naviguait depuis l'âge de seize ans sur des bateaux de commerce. Il était rentré à la Compagnie Générale de Navigation comme mousse en 1928, ayant dû abandonner ses études, ce qu'il sembla toujours regretter. Après la guerre, qu'il fit en héros jusqu'à la victoire finale dans la Royal Navy, il était revenu à la Compagnie Générale de Navigation, devenue entre-temps Générale Transatlantique ; d'année en année, il avait passé tous les concours et avait été promu successivement chef de quart, officier mécanicien, officier de haute navigation, puis commandant en second.

Quand Valentine eut cinq ans – l'année même de la mort de son grand-père –, Antoine était devenu commandant du *Savorgnan de Brazza*, un porte-conteneurs français affrété par une compagnie hollandaise pour transporter entre Rotterdam et Singapour des machines-outils et, en sens inverse, des bois précieux et du caoutchouc. Ses voyages duraient entre quatre et six mois.

Tant qu'il ne fut pas capitaine, il laissait passer des semaines sans donner de nouvelles, car seul le commandant avait le droit d'utiliser la radio pour envoyer des messages personnels. Depuis qu'il était devenu maître à son bord, Antoine téléphonait à Montverche toutes les semaines, brièvement, au milieu de grésillements, en général entre quatre et cinq heures de l'après-midi. Il disait quelques mots succincts à Orane, qui l'écoutait, blême, sans répondre, avant de tendre le combiné à Valentine. Ravie, celle-ci devinait que son père lui demandait des nouvelles de l'école, de sa santé, du temps qu'il faisait. C'était comme s'il se trouvait juste à côté, à son travail, et qu'il allait rentrer dans le quart d'heure d'après. Aucun exotisme dans ses propos. Seulement quelque chose qu'elle n'aurait su nommer, comme une immense tristesse. À moins que ce ne fût de la lassitude.

*

Voilà qui aurait dû l'alerter. Mais il y a tant de choses qu'elle aurait dû aussitôt comprendre. Si elle avait voulu... Sans doute était-ce mieux ainsi. Pour tout le monde.

*

Ces jours-là, pendant les cours qui n'en finissaient pas, Valentine disait tout de ses impatiences à Louise Vinterailh, sa meilleure amie, la fille d'un commerçant de Montverche, un libraire pas comme les autres.

Augustin Vinterailh était installé à la sortie de la ville, sur le quai des Acacias, dans une bâtisse qui ne ressemblait pas à un magasin mais plutôt, vue de l'extérieur, à une grange et, de l'intérieur, après qu'on eut parcouru un long et étroit couloir, à une sorte de bibliothèque de monastère médiéval. Des murs d'une dizaine de mètres de haut, parcourus de balcons, de passerelles et d'escaliers, sur lesquels couraient des rayonnages tapissés de milliers de volumes sur toute leur hauteur. Des livres d'occasion. Vinterailh ne vendait que cela. Sur tous les sujets. Des dizaines de milliers de livres. Au-dessus des étagères, des affichettes plus ou moins énigmatiques guidaient les visiteurs : chiromancie, romantisme allemand, sociologie, Morvan, géologie, histoire régionale, mycologie, géopolitique, romans historiques, policiers, histoire de la Seconde Guerre mondiale, bandes dessinées... Au milieu de la grand-salle du rez-de-chaussée trônaient des vitrines soigneusement cadenassées où étaient exposés les plus beaux exemplaires de son inventaire. Des ouvrages rares. Des premières éditions. Des reliures précieuses.

*

Elle aurait dû tout comprendre à la simple observation de ces livres-là. Mais la vérité était trop impensable pour qu'elle osât seulement y réfléchir. Pour dissimuler le pire, la bonne vieille recette reste la meilleure : le placer en évidence dans le lieu le plus innocent.

*

Dès que les deux fillettes eurent lié connaissance, à l'occasion de leur première classe primaire, Louise avait entraîné Valentine quai des Acacias. Et Valentine avait eu le coup de foudre pour cet endroit. Elle sut, sans pouvoir l'exprimer, que, d'une façon ou d'une autre, sa vie serait habitée par les livres.

La librairie des Acacias était plus qu'une attraction locale : ouverte depuis la guerre, elle avait peu à peu atteint une large renommée. On venait de la France entière y trouver ce qu'on cherchait, et surtout ce qu'on ne cherchait pas.

Augustin Vinterailh ne payait pourtant pas de mine. Chauve, un mégot éteint au coin des lèvres, sempiternellement accoutré d'une blouse d'un gris douteux, coiffé d'un béret trop petit qui ne lui couvrait que la moitié du crâne, il vivait seul avec sa fille depuis que sa femme l'avait quitté pour s'installer en Martinique avec l'un de ses jeunes vendeurs.

Après les classes, Louise passait des heures aux Trois Horloges à parler cuisine avec Orane ; et l'essentiel des dimanches de Valentine était occupé à aider Augustin à répartir des piles de volumes sur les étagères correspondantes, dans l'ordre alphabétique, ou à compulser les collections de vieux journaux entassés dans le fond de la grange, à côté des romans de Jules Verne, d'Hector Malot, d'Eugène Sue et des albums illustrés de *Bécassine* et de *Zig et Puce*.

*

Juste derrière les plus belles vitrines, celles où, bien plus tard, apparut la clef de toutes les énigmes. Sans doute toute vie, pour être tolérable, passe-t-elle ainsi à côté de ce qui ne doit être su qu'à la fin. Comme si on choisissait en toute lucidité de ne pas détruire le mensonge consolateur, pour rester le plus longtemps possible dans l'ignorance du malheur.

*

Le jour où son père rentrait, Valentine, sitôt les cours terminés, se précipitait chez elle pour le retrouver. Elle le découvrait assis au salon, sur l'étroit fauteuil de velours rouge que personne n'utilisait en son absence, face à la fenêtre ouvrant sur le modeste jardin du restaurant, le parc de la Maison Claudial et le fleuve endormi.

C'étaient alors des retrouvailles simples, sans effusion ni larmes. Valentine se blottissait dans les bras de son père et faisait tout pour paraître indifférente, comme s'il revenait d'un bureau voisin.

Au fil des années, ces retrouvailles devinrent une sorte de rituel. Antoine interrogeait d'abord sa fille sur ses études ; il se souvenait des noms de ses maîtres et maîtresses, et même de ceux de ses camarades de classe. Parfois il en était resté à des disputes anciennes qu'elle-même avait oubliées, à des notes désormais sans importance, à des exercices devenus l'enfance de l'art, à des amis disparus de son horizon. Elle ne le reprenait pas mais s'appliquait à répondre sans impatience à ses questions ; puis elle lui racontait les plus récents caprices d'un instituteur remplaçant, les incidents survenus avec des amis nouveaux, brouilles et joies qu'elle grossissait pour qu'il y trouvât de l'intérêt. Parfois, les mots longuement préparés ne lui venaient plus, ou bien se bousculaient dans son esprit. Elle s'interrompait, bégayait, s'énervait. Antoine la calmait d'une longue caresse dans les cheveux. Elle tremblait de tout son corps, comme sur le point de défaillir. Puis, il demandait à voir ses cahiers. Elle adorait cet instant, parce que ses notes étaient excellentes, et elle pouvait le laisser parcourir en silence sa collection de « 20 » et de « Très bien ». Lui-même était fort en mathématiques, mais nul en français. Elle s'en étonnait : il devait pourtant avoir le temps de lire, sur son bateau... Une seule fois, elle osa lui en faire la remarque. Il parut si furieux qu'elle n'y revint pas.

Quand il avait tout entendu d'elle, quand tous les cahiers étaient passés en revue, elle se blottissait à nouveau dans ses bras et ils restaient là sans bouger, comme s'ils n'étaient plus qu'un, jusqu'à bien après le crépuscule, sans toucher au dîner qu'Orane leur avait monté.

Tard dans la soirée, il lui racontait encore les heures de quart, les tempêtes en mer de Chine, le typhon au large de Yokohama, le pétrolier à la dérive qu'il avait fallu aller secourir, les menaces d'asphyxie dans la soute ; les longues soirées de discussions, parfois grondeuses, avec les matelots, à propos de la nourriture ou des horaires de quart ; les disputes entre gradés à propos des films choisis par l'officier de détente ; les attentes interminables à l'entrée des ports d'Afrique du Sud ; la corruption des douaniers de Bombay et des pilotes de remorqueurs à Manille ; le nettoyage éprouvant des cuves, une fois la cargaison déchargée.

Valentine applaudissait aux histoires de perroquets chapardeurs, de marins vantards, de cohortes de rats rampant le long des cordages, d'escortes de dauphins espiègles, de poissons volants tombant sur le pont par grappes entières ; elle tremblait aux récits de tempêtes, de menaces d'épidémie, d'avaries. Elle devinait que son père ne lui racontait pas le pire, pour ne pas l'inquiéter. Elle aimait sa retenue, ses secrets, la façon dont il semblait tout savoir d'un port au nom imprononçable, comme s'il avait appris par cœur les dénominations des principales artères et des monuments, le nombre de ses habitants, la distance qui le séparait de l'escale suivante, tout en étant curieusement incapable de rien dire des couleurs, des odeurs et des bruits.

Elle se disait que si elle devait un jour se marier, ce ne pourrait être qu'avec un homme comme son père, un voyageur capable de lui raconter le monde avec la même simplicité souveraine que s'il n'était jamais sorti de chez lui. Autrement, elle risquait de s'ennuyer mortellement.

Ces soirs-là, remontant du restaurant, le service achevé, Orane entrait sans bruit dans le salon. Après un coup d'œil affligé sur le repas auquel ils n'avaient pas touché, elle s'asseyait sur une chaise à l'écart, les yeux tournés vers l'autre fenêtre, sans jamais se joindre à leur conversation. Antoine lui jetait parfois un regard interrogateur. Quand minuit approchait, d'un geste furtif, elle signifiait à l'enfant qu'il était temps d'aller dormir. Antoine acquiesçait. Mousse obtempérant aux ordres de son capitaine adoré, Valentine gagnait alors lentement son lit sans perdre pour autant de vue l'horizon oblique du lointain océan.

Dans les journées qui suivaient son retour, Antoine passait le plus clair de son temps enfermé dans le petit bureau contigu à sa chambre, où Valentine devinait que s'entassaient des livres de navigation, des cartes, des instruments d'observation, des lunettes, des compas, des dictionnaires de toutes les langues d'Extrême-Orient. Mais elle n'en eut jamais la preuve, car il n'y laissait entrer personne et, en son absence, la pièce restait lourdement verrouillée.

Pendant ces premiers jours, Antoine quittait peu l'appartement, pas même pour descendre dans la salle du restaurant. Surtout pas les dimanches, quand celle-ci se remplissait de familles des environs.

*

Voilà aussi qui aurait dû l'intriguer. Mais nul ne veut jamais voir l'évidence si elle recèle quelque péril. Chacun néglige les mensonges d'autrui, trop occupé à rendre les siens plausibles.

*

Après quelques jours occupés à s'extraire d'une torpeur moite, comme s'il avait à retrouver son souffle en remontant d'une pénible plongée, Antoine devenait presque léger, puis même, au bout de quelques semaines, pétri d'humour et de tendresse. Il venait alors chercher Valentine à la sortie de l'école pour l'entraîner dans de longues promenades au bord du fleuve, jusqu'à la sortie de la ville. Parfois, si le printemps était arrivé, ils poussaient vers le quai des Acacias, jusqu'au magasin d'Augustin. Les deux hommes semblaient unis par une ancienne connivence, restant parfois de longues minutes en conversations chuchotées dans l'appentis qui tenait lieu de bureau au libraire. Dans ces moments-là, Antoine s'arrangeait pour que Valentine ne s'attardât pas dans les parages ; Augustin avait d'ailleurs toujours de nouvelles bandes dessinées à lui faire découvrir.

En été, quand la chaleur s'effaçait derrière les odeurs du fleuve, qu'une lumière dorée réchauffait les reflets ondoyants des saules, le père et la fille poussaient bien au-delà du quai des Acacias jusqu'à l'abbaye de La Courroye, une longue bâtisse romane dont la mairie avait restauré le parc, le réfectoire et la chapelle pour y organiser des concerts de musique baroque dont le succès grandissant commençait à attirer les mélomanes des villes environnantes et même de Paris.

Pendant ces promenades, le marin restait d'abord longtemps silencieux, comme si son esprit était entièrement absorbé par le choix des cailloux qu'il lançait un à un dans le fleuve. Puis, quand ils avaient dépassé le quai des Acacias pour emprunter le chemin de halage dont l'accès était rendu difficile par les ronces et les herbes folles, Antoine semblait faire un effort considérable pour surmonter sa tristesse ; il posait alors à sa fille d'une voix affreusement sourde, lointaine, comme parasitée par la distance, des questions auxquelles elle avait déjà répondu.

Quand elle parvenait à le faire sortir de son mutisme, il ne savait parler que de la campagne française dont il semblait connaître à merveille les lumières, les couleurs, l'état de la végétation en toutes saisons, y compris celles durant lesquelles il était d'ordinaire aux antipodes. Quand elle l'en suppliait, il lui promettait d'arrêter bientôt de naviguer pour rester vivre avec elle. Puis il lâchait quelques phrases obscures et emphatiques d'où il ressortait que la vie était une geôle dont chacun était le prisonnier à perpétuité sans jamais savoir quel crime on expiait ainsi. Même si elle ne comprenait presque rien de ce qu'il marmonnait, Valentine déployait d'énormes efforts pour retenir ses mots, pensant qu'il y avait là comme un trésor enfermé dans un coffre dont elle trouverait un jour la clé.

Ainsi passaient ces semaines trop rares, jusqu'à ce que revînt le moment le plus redouté par Valentine, celui de leur séparation. Elle en pressentait l'approche à la mélancolie qui gagnait son père, nuage d'abord léger, puis de plus en plus dense et noir. Elle lui volait alors des heures sans cesse plus intenses, délicieuses et amères, où leurs confidences se faisaient à la fois plus lourdes et plus douces.

Un jour de l'hiver 1968 – elle avait un peu plus de sept ans –, alors qu'ils déambulaient à nouveau au bord du fleuve, par un début d'après-midi lumineux, et qu'ils approchaient de l'abbaye de La Courroye où la foule commençait à s'assembler pour le concert du soir, il lui demanda tout à trac, après un silence de près d'une heure, ce qui lui ferait le plus plaisir. Elle resta sans comprendre. Il insista : ce qu'elle demanderait si elle avait là, tout de suite, les moyens d'acheter ce dont elle rêvait. Elle ne comprenait toujours pas : rien de ce à quoi elle tenait vraiment ne s'achetait. Il s'entêta. Elle réfléchit, ne trouva rien et hasarda pour ne pas demeurer sans réponse : elle aurait bien aimé avoir un chien. Il fronça les sourcils. Elle corrigea : pas un chien coûteux, juste un petit bâtard, comme celui de Louise. Il sursauta, faillit trébucher, se figea dans une position grotesque, comme si son corps ne lui obéissait plus, pris de tremblements qui la laissèrent bouleversée. Qu'avait-elle dit de si terrible ? Elle essaya de lui prendre la main, il se déroba avec brutalité. Au bord des larmes, elle s'en voulut d'avoir été à l'origine de ce qu'elle devinait être un vertigineux chagrin. Elle s'empressa d'ajouter que ce qu'elle avait exprimé n'était rien d'autre qu'une envie, comme ça, parce qu'il lui avait posé la question, mais qu'elle n'y pensait jamais : elle savait bien qu'elle ne pourrait jamais avoir un ani-

mal dans leur appartement et que le jardin du restaurant était réservé aux clients. Et puis, de toute
façon, sa mère détestait les chiens. Elle n'en aurait
donc jamais. C'était, ajouta-t-elle, de plus en plus
désemparée, le seul petit chagrin de sa vie, qui
comptait beaucoup moins, évidemment, que les
absences de son père.

Il l'avait alors serrée fort dans ses bras et s'était
mis à sangloter.

Lui ? Pleurer ? Pour un chien ? Elle s'affligeait
d'avoir été la cause et le témoin d'une telle scène.
Elle n'avait envie de rien ; elle avait dit ça pour
répondre quelque chose, parce qu'il l'avait interrogée avec insistance, bref, pour lui faire plaisir...
Il avait pleuré – elle en était sûre, même s'il devait
le nier par la suite.

Ils étaient rentrés de cette promenade dans un
silence intolérable qu'elle ne sut comment rompre.
Juste avant d'arriver aux Trois Horloges, en suivant
le quai, elle lui demanda s'il savait pourquoi le
Château Claudial, dont on devinait la silhouette
derrière la haie, était vide. Antoine parut se trou-
bler un bref instant. Elle s'étonna et s'en voulut
encore, sans trop savoir de quoi. Décidément, elle
était aussi maladroite par ses questions que par ses
réponses. Il lui sourit, et, introduisant sa clé dans
la porte du jardin des Trois Horloges, expliqua que,
pendant les guerres, bien des malheurs surviennent.

Et il en était arrivé à évoquer les propriétaires du château. Savait-il ce qu'ils étaient devenus ? Il se raidit. Non, il l'ignorait. Il n'avait d'ailleurs aucune raison de le savoir. À cette époque, il n'habitait pas la région. Il habitait assez loin, éluda-t-il, de plus en plus nerveux, en réponse à la question plus précise qu'elle avait cru pouvoir lui poser. Valentine se sentit affreusement mal. Tout ce qu'elle disait ce jour-là provoquait en lui des catastrophes inexplicables. Elle était là, minuscule au côté de son père, dans l'entrée du restaurant, entendant Orane dispenser ses dernières instructions avant que commence le service. Pour ne pas laisser s'installer un silence de plus en plus pénible, Valentine se hâta d'improviser que, plus tard, quand elle serait grande, elle habiterait une demeure pareille à celle des Claudial, avec deux étages, un grand escalier, vingt-trois fenêtres, un grand parc débordant de massifs de fleurs et descendant jusqu'au bord d'une rivière. Elle y aurait plusieurs chiens. Et son père y vivrait avec elle, pour toujours, sans plus jamais voyager. Elle voulut sourire. Il détourna son regard du côté du mur et se précipita dans l'escalier.

Ce soir-là, il lui demanda si elle avait des livres à lire, lui en donnant trois à finir pendant son prochain voyage : *Les Petites Filles modèles*, *La Mare au Diable* et *Jane Eyre*. Elle promit, sachant qu'elle n'y arriverait pas, ces livres étant beaucoup trop difficiles pour son âge, se demandant si ces recommandations n'annonçaient pas déjà un départ. Tard dans la nuit, il lui raconta encore des histoires de vampires dociles, de marins héroïques, de pieuvres géantes, de trésors de pirate, de jeunes filles enlevées, retenues prisonnières puis libérées, de villes fantômes, de naufragés sauvés de mers démontées. Elle n'osa formuler la seule question qui l'obsédait : la date de son prochain départ. Elle devina que c'était pour le lendemain.

Cette nuit-là, luttant contre le sommeil, elle chercha à comprendre en quoi elle avait pu le heurter, lui faire de la peine, ce qu'elle n'aurait voulu pour rien au monde. Et s'endormit dans la terreur du réveil.

Au matin, il n'était plus là.

Orane n'eut pas un mot, pas une larme.

Valentine partit pour l'école en sanglotant et passa la journée dans un brouillard de larmes que Louise elle-même ne réussit pas à dissiper.

Comme après chaque départ d'Antoine, les soirées avec sa mère redevinrent sombres et butées. Orane ne mentionnait jamais le nom de l'absent, s'enfermant dans un mutisme dont seuls la faisaient sortir les ordres à donner en cuisine.

Quelques mois plus tard – au printemps de 1968 –, Antoine de Lérieux resta à Montverche plus longtemps que de coutume.

Il aurait dû repartir à la mi-mai, mais les grèves générales avaient rendu impossible le mouvement du moindre bateau dans les ports français. Or le *Savorgnan* se trouvait malencontreusement retenu au Havre où la grève était on ne peut plus dure. Antoine semblait terriblement anxieux de ce retard. Il parlait de repartir sur un autre bâtiment, de changer d'armateur. Il téléphonait, sortait des heures durant pour marcher à travers la campagne. N'y tenant plus, il s'en fut, avec la camionnette du restaurant, pour Rotterdam puis Le Havre d'où il revint cinq jours plus tard, abattu par le mauvais entretien de son bateau et l'impossibilité de décharger la cargaison de fruits qui pourrissait dans les soutes.

À Montverche, la vie n'était pas spécialement affectée par les événements parisiens. Il faisait beau, le printemps était aimable. Il n'y avait dans la ville ni université, ni usine ; les lycéens étaient tranquilles et les employés peu enclins à la grève. Se recevant les uns les autres dans leurs jardins soigneusement ornés de rosiers grimpants et de tuyas, rivalisant de piscines et de barbecues, notaires et médecins dînaient au pouilly fumé en écoutant, vaguement inquiets, les commentaires exaltés des radios décrivant les émeutes de Saint-Germain-des-Prés. Plus les jours passaient et plus certains parlaient de quitter le pays. Plusieurs firent de discrets voyages vers la Suisse, dont ils ne dirent mot à leur retour. Quant aux rares ouvriers, en quittant à l'aube les grands immeubles tristes de la Cité des Lauriers pour se rendre docilement dans la banlieue est de la ville, à la fabrique de céramique ou à l'atelier de fonderie, ils se demandaient s'ils bénéficieraient jamais des luttes et des promesses de leurs camarades de l'île Seguin. Ou si tout cela, encore une fois, ne se terminerait pas à l'avantage des patrons.

Rien, dans ce coin de France, ne marqua vraiment ce qui, ailleurs, fit l'étrangeté de cette période. Sauf quand, à la toute fin du mois, la Préfecture décréta un rationnement de l'essence dans l'ensemble du département. Il fut même interdit de servir tout camion de passage, sauf s'il présentait un ordre de réquisition délivré par l'autorité préfectorale. C'est alors seulement que tout le monde, des villas des bords de Loire à la Cité des Lauriers, prit les événements au sérieux. En l'espace de quelques heures, des files de véhicules s'étirèrent devant les cinq stations-service de la ville. Des routiers traversant le département s'arrêtaient aux Trois Horloges pour proposer d'acheter du carburant à n'importe quel prix. Un trafic s'organisa. Valentine crut entendre son père grommeler que pendant l'occupation, au moins, c'était mieux organisé.

Le marin paraissait de plus en plus nerveux, comme si l'inaction menaçait de le rendre fou. Ou comme si quelque chose de particulièrement grave se jouait là pour lui. Il n'avait pourtant jamais montré un intérêt marqué pour la politique et son revenu ne dépendait en rien de l'issue du conflit. Pendant ces jours suspendus, il se levait à l'aube, sortait pendant de longues heures, revenait crotté, hirsute, s'effondrait dans son fauteuil, allumait la radio, l'éteignait, pestait contre Orane qui n'avait jamais voulu avoir la télévision, s'enfermait dans son bureau jusqu'à une heure avancée de la nuit. Une fois, Valentine, passant dans le couloir, crut l'entendre à nouveau pleurer. Elle colla son oreille à la porte, mais n'entendit que la voix d'un journaliste rendant compte des dernières discussions, rue de Grenelle, entre Pompidou et Séguy, et annonçant pour le lendemain un grand rassemblement de gaullistes sur les Champs-Élysées.

Le surlendemain, avant même que ne fût évoquée la levée des piquets de grève, Antoine partit pour Le Havre rejoindre son bateau. Il ne revint que cinq mois plus tard.

Ainsi passa l'enfance de Valentine.

*

Je n'ai jamais rien su de plus. Nul n'en a jamais su davantage. Pas même celle qui, mieux que personne, aurait dû savoir. Mais elle était si occupée à vivre avec ses propres mensonges qu'elle faisait tout pour ne pas démasquer ceux des autres.

*

Valentine entrait en terminale au lycée Joachim-du-Bellay lorsque, un jour de la fin d'automne 1976, la foudre s'abattit sur elle.

Elle croyait son père entre Goa et Le Cap, sur la route du retour d'un voyage à Yokohama, à bord du *Savorgnan de Brazza*, quand Orane, hiératique, lui annonça qu'elle venait d'apprendre la mort d'Antoine dans un accident de la route à quelque cent kilomètres de Montverche.

C'est ainsi que Valentine découvrit que son père, pendant les mois où sa mère et elle le croyaient en mer, vivait avec une autre femme nommée Cécile Hubert, qu'il avait épousée. Ils habitaient depuis quatorze ans à Aurygnan, petit village des collines, à l'autre bout du département, à l'orée des monts du Venzeray, dans une grande exploitation agricole que Cécile avait héritée de son père.

Et là, il ne s'appelait pas Antoine de Lérieux, mais Étienne Rouche.

Valentine n'avait pas encore mesuré la profondeur de l'abîme qui s'ouvrait sous ses pieds quand, deux jours plus tard, le 25 novembre 1976, elle rencontra, dans la petite église romane d'Aurygnan, Cécile et les deux frères dont elle avait jusque-là ignoré l'existence. Jean-Noël avait dix ans, Charles douze. Ils étaient nés quand elle avait quatre ans pour l'un, six pour l'autre.

Blonde, petite, grassouillette et beaucoup plus jeune qu'Orane, Cécile, habillée d'un pantalon et d'une blouse noirs, avait les yeux cachés par d'énormes lunettes fumées, seul point commun avec Orane, emmitouflée dans son habituel manteau gris et son foulard mauve. Les trois enfants se regardèrent longuement par-dessus le cercueil, sans prêter l'oreille à l'éloge que débitait le vieux curé de ce paroissien modèle, trop souvent absent parce que capitaine au long cours au service d'une compagnie pétrolière américaine, commandant de bord du *Nantucket*.

Pendant qu'on sortait la dépouille de l'église pour l'escorter à pied vers le cimetière à travers les rues vidées par le vent d'hiver, Valentine remarqua qu'aucun des rares participants à la messe n'avait suivi. Seuls quelques rideaux aux fenêtres se soulevèrent au passage du cortège. Un mystère de plus, à élucider plus tard.

À leur arrivée devant la fosse ouverte, un petit merle gris-beige se posa sur le cercueil lorsqu'on l'eut calé sur les deux tréteaux. Il y semblait à l'aise, parcourant la boîte en bois de son pas titubant. Charles murmura à l'oreille de son frère quelque chose qui les fit pouffer. Valentine ne put s'empêcher de sourire à son tour sous le regard furieux et affligé de sa mère.

Le rire avait-il encore sa place ? Elle ne chercha pas à comprendre : elle aurait toute la vie pour ça.

La tombe refermée, les deux familles repartirent à pied vers l'église devant laquelle elles avaient laissé leurs voitures. En chemin, Cécile s'approcha d'Orane et lui proposa de rester déjeuner à Aurygnan. Valentine aurait bien voulu. Il y avait tant de choses qu'elle aurait désiré comprendre ! Mais Orane l'entraîna sans répondre.

Elles rentrèrent à Montverche, traversant tout le département, longeant forêts et collines, puis descendant vers le fleuve, sur cette route qu'Antoine devait emprunter chaque fois qu'il cessait d'être Étienne. Orane conduisait sans desserrer les dents. Valentine n'osa rompre ce silence. Elle aurait souhaité se trouver plus proche de sa mère. Mais elle savait qu'elle ne serait jamais admise dans son univers.

Le soir même, Orane se remit au travail, butée et tendue. Personne, pas même Valentine, ne put lire sur ses traits plus qu'une extrême fatigue.

Indifférente à l'ironie de clients venus se gausser de la fausse épouse du faux marin – naturellement, tout s'était su très vite –, Orane ne toucha pas aux vêtements du mort, ne vida aucune poche, ne regarda aucun papier, n'ouvrit pas même son bureau. Tout resta en place, comme si le commandant Antoine de Lérieux devait rentrer le lendemain.

Valentine commença par haïr son père pour cette trahison. C'était comme si toute son enfance était ensevelie ; comme si, en un instant, son père adoré, admiré, dont elle craignait chaque jour qu'il pérît en mer, s'était transformé en étranger dont chaque mot, chaque sentiment, chaque souvenir était devenu factice, mensonger. Il était beaucoup plus que mort : il n'avait jamais existé.

Valentine essaya de penser à autre chose, de s'inventer d'autres souvenirs. En vain. Doucement, lentement, avec sa douceur entêtée, Antoine revenait habiter ses rêves. Dans ses nuits désormais sans sommeil, tout la ramenait à la voix, à l'odeur, aux mots du seul être au monde qu'elle eût jamais aimé. Et, inlassablement, elle s'employait à reconstituer leurs conversations, jour après jour, escale après escale.

Pourquoi avait-il choisi de ne vivre aux Trois Horloges qu'à mi-temps ? N'aurait-il pas été plus simple pour lui de quitter Orane, tout bonnement, pour vivre avec Cécile, de se séparer une fois pour toutes de sa première famille pour en créer une autre, comme faisaient les parents de certaines de ses amies ? Mais elle réalisait qu'à l'époque où il avait rencontré Cécile il se faisait déjà passer pour un marin. Ce n'était donc pas à cause d'elle qu'il avait inventé cette mascarade. Pourquoi donc avait-il alors organisé et vécu pendant dix-huit ans cette double comédie ? Il était impossible qu'il ne se fût jamais dévoilé, qu'il n'eût jamais rien laissé percer de son secret. À un moment ou un autre, il avait dû glisser quelque chose à sa fille, tenter de lui faire comprendre, de la préparer à une vérité qui, de toute façon, se serait sue un jour. Mais quoi ? Quand ? Elle se maudissait de ne pas se remémorer chacun de ses mots.

Peu à peu, elle sentit qu'elle commençait à le comprendre, à l'excuser, voire à admettre que, s'il avait vécu ainsi en contrebande, c'était par amour pour elle : pour ne pas la décevoir, il n'avait pas eu d'autre solution que de mener plusieurs vies à la fois.

Son père devait être trop complexe, son cœur trop vaste pour s'épuiser en une seule passion ; un homme comme lui ne pouvait passer toute une vie avec une femme aussi insipide qu'Orane. Il avait dû le sentir dès qu'il l'avait rencontrée et il avait inventé ses voyages pour garder pour lui une moitié de vie. Et s'il n'avait pas quitté Montverche quand il avait rencontré Cécile, c'était tout simplement pour ne pas faire de mal à sa petite fille, qu'il adorait. Parce qu'il pensait qu'elle souffrirait moins de le croire parti en mer que de l'imaginer rire en compagnie d'autres enfants, à quelques kilomètres de là.

Par une de ces nuits d'insomnie où elle cherchait une fois de plus à faire affleurer les souvenirs de son père, elle se demanda si sa mère, elle, n'avait pas toujours su. Si elle n'avait pas tout accepté, pour ne pas le perdre. Si elle n'avait pas haï sa fille d'en être le témoin. Brutalement, elle se souvint qu'un jour de colère (elle devait avoir cinq ans), sa mère lui avait crié que sa naissance n'avait pas été désirée, qu'elle-même avait tout fait pour l'empêcher de venir au monde ; si elle y avait réussi, elle aurait mené une tout autre vie, « débarrassée du mensonge » ; mais, depuis que sa fille était là, elle ne pouvait plus. Ce souvenir la cingla comme une brûlure. Elle faillit se lever, réveiller sa mère, lui en parler. À quoi bon ? Elle essaya de chasser ces mots, de les diluer, les dissoudre, les renvoyer au plus profond d'elle-même. En vain. Ils restèrent là comme une mauvaise blessure que rien, jamais, ne pourrait plus cicatriser. Le lendemain, elle partit pour le lycée sans attendre que sa mère l'eût réveillée.

Quelques jours plus tard, elle se prit à penser que la vie de son père avait peut-être été plus complexe encore, qu'elle ne se résumait sans doute pas à deux familles entre Morvan et Nivernais, qu'il avait pu en avoir de nombreuses autres en divers lieux exotiques, dans tous les ports moites dont il lui avait parlé et où elle avait encore du mal à admettre qu'il n'avait jamais accosté. Comme si chacun de ces ports s'était réduit pour lui à un prénom de femme. Après tout, elle ne savait rien de sa vie avant son arrivée à Montverche. Et, depuis lors, il n'était même pas certain qu'il fût passé directement de Montverche à Aurygnan, d'Orane à Cécile.

Ce fut comme une convalescence des sentiments. Valentine recommença insensiblement à être fière d'Antoine. Après tout, c'était à lui que le mensonge avait rendu la vie difficile : sans cesse aux aguets, souffrant à chaque instant le martyre d'une vie de contrebande, craignant en permanence d'être découvert par Cécile ou par Orane, ou encore par telle ou telle protagoniste de ses autres vies qui aurait surgi à l'improviste. Et surtout dans la peur de la décevoir, elle, Valentine, qu'il adorait. De cela, elle ne doutait pas un instant.

Les deux familles ne s'étaient revues qu'un mois plus tard, à l'occasion de la lecture du testament déposé à Montverche chez Mᵉ Jean-René Lavelloux-Graël, qui venait de reprendre la charge de son père. Cécile était venue seule. Valentine avait accompagné Orane. Avec componction et suffisance, comme engoncé dans un étrange embarras et transpirant à grosses gouttes, l'homme de loi commença par raconter qu'il avait reçu la visite d'Antoine de Lérieux (il l'appela ainsi) deux jours avant sa mort.

Valentine tressaillit. Son père s'était donc risqué à Montverche alors que ses deux familles le croyaient en mer !

Il avait déposé entre les mains du notaire une lettre manuscrite partageant équitablement des sommes assez considérables entre Cécile et Orane, en pièces d'or et en devises. Rien d'autre, pas un mot d'explication.

Et puis, la foudre encore : juste au bas de la lettre, après sa signature, un post-scriptum. Antoine léguait à Valentine le Château Claudial. Il l'avait acheté, expliqua le notaire, plus embarrassé que jamais, quelques jours avant sa mort. Il venait d'ailleurs à Montverche prendre livraison du titre de propriété quand il avait été victime du fatal accident.

Chacun regarda Valentine.

Mais qui était donc cet homme pour lui avoir confisqué son enfance et lui offrir maintenant ce dont elle n'était plus sûre d'avoir jamais eu envie ?

Orane et Cécile échangèrent quelques mots à la sortie de l'étude. Quelques énigmes partagées furtivement : d'où venait l'argent ? Pourquoi cet achat ? Qui était-il vraiment ? Sans doute n'avait-il jamais été officier de marine, ni n'était même jamais monté sur un bateau. Mais, de cela non plus, on ne pouvait être sûr. Tout se passait comme s'il avait débarqué de nulle part, dix-huit ans plus tôt, dans ce paisible département, pour y mener une double vie.

Antoine avait raconté à Orane être né à Alger en 1912 et y avoir vécu jusqu'à son entrée dans la marine, à l'âge de seize ans. Cécile, quant à elle, se rappelait que les papiers fournis par Étienne à la mairie d'Aurygnan pour leur mariage le disaient né à Saigon en 1913. Ni l'une ni l'autre ne comprenaient d'où venait l'argent qu'il leur ramenait régulièrement, toujours en liquide. Ni comment il avait pu payer cette maison dont le notaire, gêné, avait refusé de révéler le prix et l'identité du vendeur, arguant que telle était la volonté du défunt.

C'est en écoutant presque en cachette cette brève conversation entre les deux femmes que Valentine apprit qu'à la différence d'Orane, Cécile avait nourri quelques doutes. Un jour de septembre de l'année précédente, alors que son mari ne l'avait pas appelée depuis deux mois, elle s'était inquiétée et était allée le chercher à l'arrivée du *Nantucket* à Rotterdam. Elle avait vu manœuvrer le bateau à l'entrée du port, et avait attendu le débarquement des membres de l'équipage. Étienne n'était pas parmi eux. Aucun marin ne semblait même connaître son nom. Le capitaine du bateau s'appelait, disaient-ils, Van Damme, Olaf Van Damme. Quand Cécile revint à Aurygnan, Étienne l'y attendait. Il avait, expliqua-t-il, fait le chemin du retour sur un autre bâtiment dont il allait bientôt prendre le commandement, le *Manilla*. N'étant que passager sur ce navire, il n'avait pu l'appeler. Et si l'équipage du *Nantucket* ne le connaissait pas, c'est qu'une relève complète avait eu lieu à Yokohama. Cécile avait accepté ces explications avec mauvaise grâce. Étienne avait passé le mois suivant à Aurygnan, parlant avec enthousiasme des performances exceptionnelles de son nouveau bateau. Il partit un mois plus tard en prendre le commandement, sans l'avoir convaincue.

Trois semaines après ce départ, il se fracassait contre un pylône, en pleine lumière, sur une route rectiligne qu'il connaissait par cœur.

Les deux femmes réalisèrent qu'à cette date chacune d'elles le croyait en mer, l'une sur le *Savorgnan*, l'autre sur le *Manilla*.

Le deuxième menteur dans la vie de Valentine fut un professeur d'anglais du lycée de Montverche, Luc Payent, dont Valentine et Louise étaient les élèves l'année de la mort d'Antoine. Les lycéens l'appelaient « *Wrecked ship* » parce qu'il roulait terriblement les « r », en français comme en anglais, et qu'il adorait leur faire traduire des histoires de marine. Bien que son anglais fût détestable, il était populaire parmi les élèves parce qu'il ne mettait jamais de mauvaises notes et emmenait régulièrement ses classes en promenade au bord de la Loire. On pêchait, on jouait, on s'embrassait. Il appréciait particulièrement Valentine et lui avait fait raconter devant toute la classe les voyages de son père, traduisant tant bien que mal en anglais les mots qu'elle ne connaissait pas. Valentine s'était prêtée avec réticence à cet exercice. Elle n'aimait pas parler de son père à qui que ce fût. Ni partager avec d'autres ses récits. Mais, comme elle avait écrit « capitaine au long cours » à l'emplacement réservé au métier du père sur la fiche d'état civil remplie en début d'année, le professeur, passionné de navigation, ne l'avait plus lâchée.

Quelques jours après la mort d'Antoine, tout s'était su au lycée, mais personne ne s'était moqué de Valentine. Si quelqu'un s'y était risqué, Louise aurait mordu. Nul ne lui parla plus de son père, voilà tout. « *Wrecked ship* » parut même sincèrement désolé pour elle.

Une semaine après les obsèques, le professeur pria Valentine de rester un moment après le cours. Il lui parla très joliment de son père, de la nécessité de n'en garder que les bons souvenirs, de l'amour qu'Antoine avait sûrement éprouvé pour sa fille. La cloche sonna. Il n'avait pas fini tout ce qu'il avait à lui dire. Il lui proposa de la retrouver à la sortie des cours dans la salle des profs. Elle hésita, puis accepta, et vint avec Louise. Il sembla déçu de la voir accompagnée. Il leur récita un sonnet de Shakespeare : « L'amour n'est pas l'amour, qui change aux changements, ou qui tend à partir avec celui partant... Si cela est erreur, et d'après moi prouvé, je n'ai jamais écrit, ni aucun homme aimé... » Elles réussirent à s'échapper alors qu'il se faisait plus entreprenant.

Orane, à qui les jeunes filles n'avaient d'abord rien dit, comprit que quelque chose s'était passé et n'eut aucun mal à faire parler Louise. Elle obtint que le professeur fût sanctionné, avant de tenir à sa fille un long discours sur les turpitudes des hommes, leur goût pour le mensonge et les meilleurs moyens de les prendre sur le fait.

Moins de deux mois après la disparition d'Antoine, Orane mourut dans son sommeil. Du moins c'est ce qu'affirma le docteur Lucas à Valentine, refusant de lui en dire davantage. Valentine réalisa que sa mère était morte pour elle depuis beaucoup plus longtemps. Elle se jura de tout faire pour ne pas laisser un jour à ses propres enfants le même goût d'amère solitude.

Louise ne la quitta plus. Son père, le libraire, se chargea d'organiser les obsèques. Cécile et les deux garçons y assistèrent et proposèrent à Valentine de venir vivre avec eux. Elle refusa : Mᵉ Lavelloux-Graël allait gérer ses biens jusqu'à sa majorité. Elle mettrait le restaurant en gérance et s'installerait dans la maison Claudial dès qu'elle en aurait achevé l'aménagement. Elle promit de se rendre souvent à Aurygnan. D'une certaine façon, là-bas, ils étaient à présent sa seule famille.

La jeune fille passa un long moment à ranger les affaires de ses parents. Dans le bureau d'Antoine, dont il fallut fracturer la porte, elle fut déçue de ne découvrir aucun des objets de marine dont elle avait toujours imaginé la présence, ni aucun signe de son passé. Rien, sinon, cachés au fond d'un tiroir, les portraits de ses trois enfants ; et un autre cliché où elle crut le reconnaître, très jeune, au milieu d'une foule en liesse brandissant des drapeaux. Il tenait par l'épaule un jeune homme de son âge, un autre l'embrassait ; il avait l'air si heureux qu'elle en eut mal. Dans une malle, elle trouva tout un lot de vieilles teintures pour cheveux, des livres de navigation, des récits de voyages, des bottes qu'elle ne lui connaissait pas et plusieurs liasses de journaux de l'année 1942 qui ne lui apprirent rien. Elle n'eut aucun mal à se résoudre à tout jeter, ne gardant que les photos et le fauteuil sur lequel il avait coutume de s'asseoir pour lui raconter ses périples.

*

Là encore, elle tenait tout entre ses mains, mais n'avait rien voulu voir et s'était débarrassée de preuves irréfutables. Comme si elle avait deviné d'instinct que se trouvait là quelque chose de proprement intolérable.

*

Dans la vie de Valentine passa cet été-là Dominique. Il lui plut parce qu'il ne chercha pas à la séduire. Explorateur polaire, attaché à la base française de terre Adélie, il était venu dans la région visiter une fabrique de vêtements isolants, connue dans le monde entier. Ils se promenèrent le long du fleuve. Il lui raconta longuement l'hiver arctique, la nuit perpétuelle, la glace dangereuse, les menaces des ours, les pingouins envahissants, les silences à rendre fou, les haines entre reclus. Quand ils rentrèrent, il alluma un feu, le premier dans le Château Claudial. Il avait horreur du froid. Ils firent l'amour. Puis il disparut.

Sans avoir beaucoup d'efforts à fournir, elle découvrit qu'il était géomètre-expert, qu'il avait passé un mois en terre Adélie pendant son service militaire, dix ans auparavant, et qu'il vivait à Charleville avec une charcutière dont il avait trois enfants.

Quelques années plus tard, elle crut le reconnaître, vendeur dans un magasin de réfrigérateurs à Clamecy.

2

Au début de l'été 1977, sur le conseil du notaire, Valentine céda le bail du restaurant et l'appartement en soupente à un ami d'Augustin Vinterailh, un jeune cuisinier venu de Paris, Éric Ledaim, dont la femme était originaire de Lauzières-Bourg, village voisin de Montverche, juste derrière l'abbaye de La Courroye. Éric Ledaim semblait considérer Augustin comme son père, sans pour autant vouloir s'étendre sur leurs relations. Il avait travaillé pendant des années chez des chefs renommés à Paris. Il en avait contracté de grandes ambitions et rêvait de faire des Trois Horloges la meilleure table de la région. Sa femme était vive et gaie. Leur fille, Rosalie, une adolescente au corps d'arbre sec, parut trouver du charme à l'ancienne chambre de Valentine. Un instant, celle-ci l'envia d'avoir devant elle la jeunesse qu'elle aurait rêvée de connaître.

Avec l'aide de Louise, Valentine transporta dans la maison Claudial quelques meubles de sa chambre et ce qu'elle avait conservé de son père. Rien de sa mère. De sa fenêtre, elle voyait progresser les travaux de rénovation du restaurant entrepris par le cuisinier, et Rosalie lire dans le jardin.

Valentine ne fréquentait plus le lycée que de façon épisodique et, naturellement, elle échoua au bac. Ce ne fut pour elle qu'un léger désagrément ; à ses yeux, les études n'avaient jamais été qu'une obligation ; elle s'était astreinte à y réussir pour plaire à son père. Elle aurait sûrement continué de briller s'il avait encore été là. Mais, seule, Valentine n'avait su trouver l'énergie de poursuivre. Elle n'avait plus personne à qui faire plaisir et allait en rester là. Elle trouverait bien quelque chose à faire de sa vie.

Le succès de Louise, avec mention, l'attristait davantage, car il signifiait son départ à Paris, à l'automne, pour la faculté des lettres. Louise souhaitait étudier l'histoire de l'art, devenir conservateur de musée. Depuis qu'elle était toute petite, c'était là son rêve ; elle laissait son père espérer en vain qu'elle viendrait un jour travailler avec lui. Son éloignement était catastrophique pour Valentine. Elle perdait non seulement sa seule amie, mais aussi, hormis Cécile, la seule personne au monde avec qui elle pouvait encore évoquer son père. Et ne plus pouvoir en parler revenait à le faire disparaître un peu plus, comme s'il n'était plus désormais qu'une pure fiction.

Louise n'avait pas beaucoup apprécié Antoine de son vivant. Elle l'avait toujours trouvé incapable d'humour et de joie de vivre. Pour elle, un père, c'est là pour faire rire les petites filles et les protéger, pas pour les rendre tristes ou les abandonner avec des angoisses quand ils partent en voyage. De ce point de vue, Augustin, lui, était un père modèle. Il ne s'absentait jamais plus de quarante-huit heures et, quand il revenait, il avait toujours des dizaines d'histoires drôles à raconter, pleines de livres magiques, de coffres à triple fond, de pannes d'essence sur des chemins défoncés, de châteaux traversés de fantômes, de trésors enfouis sous des chênes millénaires, de coffres magiques, de jardins labyrinthiques, de livres enchantés, de portes secrètes dans des bibliothèques d'alchimistes débouchant sur des souterrains hantés. Et Louise riait, riait. Elle n'osait pas dire à Valentine combien les aventures de son père n'étaient que des prétextes à grands fous rires, de peur de l'attrister encore davantage. Et Valentine n'osait lui dire que, pour elle, rien ne valait les récits de son propre père, même si elle ne les entendait que deux fois l'an.

En grandissant, Louise ne put, en fait, s'empêcher de trouver du charme à Antoine. Elle se défendit cependant d'y céder, sans vraiment comprendre ce qui l'incitait à rester sur ses gardes. Après la mort du faux marin, elle prétendit qu'il lui avait toujours paru louche, insaisissable, chargé de mystères inutiles, comme harassé par un fardeau de contrebande trop lourd à porter. Elle révéla même à Valentine qu'un jour qu'ils s'étaient trouvés seuls, un an auparavant, Antoine lui avait expliqué que tous les hommes étaient des menteurs et qu'elle devrait passer sa vie à se méfier du mal qu'ils pourraient lui faire. Louise avait protesté et cité son père en exemple. Antoine avait ri et suggéré que le libraire avait peut-être une double vie : après tout, il voyageait beaucoup, comme lui, il avait peut-être une autre famille, à l'autre bout du pays, là où il allait chercher ses livres. Louise avait protesté : c'était absurde, elle connaissait trop bien son père. Antoine avait ricané encore plus fort ; puis, prenant son air le plus morose, il avait marmonné : « Pauvre petite naïve, de toute façon, tu ne le saurais jamais. On n'accepte jamais ces choses-là. Et, même s'il fait tout pour que tu le découvres, tu ne voudras jamais l'entendre. » Louise se souvenait d'avoir beaucoup pleuré ce soir-là.

Elle jubilait de partir pour Paris. Elle allait immanquablement y rencontrer, elle en avait l'intuition, celui qu'elle attendait depuis toujours, cet homme de sa vie qu'elles surnommaient entre elles, depuis longtemps, « H. de V. ». De lui Louise ne savait encore rien, mais elle était sûre de le reconnaître sitôt que leurs regards se croiseraient.

Les deux jeunes filles passèrent l'essentiel de l'été 1977, le dernier de leur enfance, à ressusciter leurs souvenirs dans le vaste appentis qui servait d'entrepôt à la librairie des Acacias. Le vieux bouquiniste y entassait tout le butin qu'il ramenait de ses tournées avant de le trier et de le répartir sur les centaines de mètres d'étagères qui couraient le long des murs de la grange.

Il arrivait que les deux jeunes filles l'accompagnassent dans ses battues. En conduisant sa vieille camionnette vers de nouvelles proies, il aimait à leur raconter comment il était devenu un des plus grands libraires du pays. Il avait commencé, trente ans auparavant, par racheter les vieux manuels scolaires des enfants de ses voisins. On le prit alors pour un toqué, mais il arriva à les revendre beaucoup plus cher, à Paris, à des soldeurs qui les expédiaient dans les missions des Pères blancs en Afrique noire et en Indochine. Puis il s'était intéressé aux déménagements. Il y avait vite trouvé de quoi nourrir les bouquinistes de la région, qui venaient en nombre croissant lui racheter ses trouvailles. Un jour de l'automne 1954, il avait dégoté cette grange en ruines, dont il n'avait d'abord aménagé qu'une salle. Les trois premières années avaient été difficiles. Il se passait parfois une semaine entière sans qu'un client ne se présentât, malgré les affiches qu'il placardait lui-même un peu partout dans la région. Ses livres moisissaient. Il frôla la catastrophe. Et puis, lentement, sa réputation s'installa. En quelques années, le quai des Acacias devint le rendez-vous de tous ceux qui, dans la région, s'intéressaient à la littérature. On commençait à savoir qu'il avait l'œil pour détecter des trésors et qu'il ne les revendait pas très cher. On trouvait chez lui toutes les littératures. Pourtant, lui-même, prétendait-il, n'était pas un gros lecteur. Il détestait ce qui était à la mode. Et pas grand monde au vingtième siècle ne trouvait grâce à ses yeux, à part Proust qu'il plaçait au-dessus de tout. Augustin aimait à citer ce que celui-ci fait dire à Madame de Villeparisis dans *À l'Ombre des jeunes filles en fleurs* : « Si vous dites à un écrivain qu'il n'a que du talent, il prend ça pour une injure. » Valentine s'étonna que, pour quelqu'un qui prétendait ne pas aimer lire, il disposât d'une si inépuisable collection de citations qu'il servait à tout propos.

Des dentistes, des médecins, des notaires lui commandèrent des mètres de bibliothèque : les vieux livres donnaient mieux le sentiment d'avoir été lus que des collections neuves achetées par correspondance. C'est ainsi qu'il avait peu à peu établi sa réputation et bâti sa fortune. Et, bien qu'il eût les moyens d'engager des gens pour le faire à sa place, il continuait à tout acheter lui-même, adorant marchander un prix d'ensemble, en général au poids, réussissant à convaincre les gens les plus variés qu'il leur rendait un insigne service en les débarrassant de quintaux de vieux papiers sans valeur, geignant sur sa propre générosité, qui allait le ruiner, parce qu'il n'aurait rien d'autre à faire en rentrant chez lui que de tout jeter ; personne n'achèterait jamais ces livres d'auteurs oubliés, ces tomes dépareillés d'encyclopédies périmées, ces collections incomplètes de journaux disparus et de magazines jaunis... Il parvenait même parfois à se faire payer pour tout enlever.

Quand la camionnette se rangeait devant un domicile où on lui avait signalé quelques proies de choix, Augustin retrouvait son ton modeste et vaguement stupide. Et, bien qu'elle en fût prévenue, il arrivait à Valentine de se laisser prendre à ses jérémiades, le trouvant décidément trop naïf, trop serviable.

Pourtant, sitôt les dernières piles chargées à l'arrière de la camionnette, Augustin reprenait son ton gourmand pour leur décrire les trésors que son regard avait photographiés au premier coup d'œil : le troisième tome de l'édition originale du *Juif errant* d'Eugène Sue, un grand papier du *Mont Analogue* de Daumal et, surtout, un exemplaire de la première édition (celle de Bernouard, de 1925), sur beau papier, du troisième tome du *Journal* de Jules Renard, portant sur la période 1887-1910, envoyé par la veuve de l'auteur à Aristide Briand, avec une longue dédicace. Une merveille, en parfait état. On y trouvait cette phrase, qu'il aimait citer : « Que de gens ont voulu se suicider et se sont contentés de déchirer leur photographie ! » Le chef-d'œuvre de la désillusion, rien à voir avec cet imbécile larmoyant, ce Roumain, là, ce Cioran ! Augustin savait déjà qui le lui achèterait. Et, à lui tout seul, ce livre lui rapporterait au moins cinq fois ce qu'il avait payé pour toute sa cargaison. Les deux jeunes filles riaient de bon cœur avec lui.

Louise était fière de son père et encourageait Valentine à l'admirer. En rentrant, toutes deux aidaient le libraire à décharger et déballer. Il n'acceptait l'aide de personne d'autre, en particulier d'aucun de ses commis. Une fois déposés chez lui, les livres, si méprisés par le client, se métamorphosaient en vulnérables trésors. Et il ne s'octroyait du repos qu'une fois l'inventaire entièrement dicté.

Les deux jeunes filles passèrent l'essentiel de cet été, particulièrement torride, à se répéter à satiété les récits d'Antoine, cherchant à comprendre comment il avait réussi, en l'espace de dix-huit ans, à ne jamais se faire prendre. Sans que ni Valentine, ni Orane, ni Charles, ni Jean-Noël, ni personne à Montverche ou à Aurygnan – sauf peut-être Cécile – ne se fût douté de quoi que ce fût.

Valentine avait parfois le sentiment que sa mère avait su, ou du moins qu'elle avait sciemment refusé de savoir. Cela aurait expliqué son accablement résigné, la façon qu'elle avait de profiter de l'instant sans poser de questions. Valentine s'imaginait placée dans les mêmes circonstances et sommée de choisir entre l'amour et la vérité. Qu'aurait-elle décidé ? Elle ne savait au juste. Elle revenait alors toujours à la même interrogation, la seule qui comptait à ses yeux : pourquoi mentir à ceux qu'on aime ?

Louise était surtout fascinée par ce que pouvait recéler le lointain passé d'Antoine : qui avait-il été avant d'arriver à Montverche ? D'où lui venait l'argent qu'il versait à chacune de ses deux familles et avec lequel il avait acheté le Château Claudial ? Sur quelles intuitions s'était-il décidé à l'acquérir justement quelques jours avant sa mort ? Avait-il eu l'intention de se dévoiler ? Était-ce vraiment une ultime tentative pour se préparer à parler à sa fille ? Ou un achat prémédité à la veille d'un suicide ? À moins que sa mort n'eût été liée au voyage de Cécile, quelques jours avant, à Rotterdam où elle avait failli le démasquer ?

Valentine s'obstinait à croire que son père était, quand il avait rencontré Orane, un officier de marine parfaitement honorable, et qu'il n'avait cessé de naviguer que quatre ans plus tard, du jour où il avait croisé Cécile. Ensuite, il n'avait plus trouvé moyen de se dépêtrer de ce mensonge. Valentine pensait bien qu'il avait cherché diverses occasions de se confesser, puis de se faire pardonner. C'est pour cela qu'en désespoir de cause, il avait acheté cette grande demeure, dont il n'avait que faire, pour l'offrir à sa fille en guise de repentir, en même temps qu'il lui avouerait tout ce qu'avait été sa vie. Seule sa mort brutale avait empêché ses aveux.

Louise pensait au contraire qu'Antoine avait dû faire son service militaire comme un simple matelot sans grade et sans gloire. Au terme de son engagement, sa vie n'avait certainement été qu'une pathétique succession d'échecs, de turpitudes, de trahisons, de crimes ; peut-être avait-il été proxénète en Indochine, ou bagnard à Cayenne, ou les deux à la suite. Et puis il avait dû se retrouver à la tête d'un magot honteusement gagné dans quelque trafic exotique. Il avait alors voulu le blanchir en s'installant au cœur de la France profonde, et avait jeté son dévolu sur Orane, puis, quand elle l'ennuya trop, sur Cécile. Il n'avait acheté le Château Claudial que pour assurer ses vieux jours. S'il avait survécu, peut-être aurait-il prétendu l'avoir gagné au jeu ? Il n'avait en tout cas jamais eu l'intention de dévoiler à qui que ce fût ni son passé, ni sa double vie. Valentine aurait peut-être reçu un jour cette maison en héritage. À moins qu'il ne l'eût obligée à la partager avec les deux enfants de Cécile ? Voire pire : avec les innombrables autres rejetons qui devaient traîner un peu partout ? En tout cas, elle, Louise, ne commettrait jamais la même erreur : elle ne laisserait pas l'homme de sa vie batifoler de la sorte. Elle saurait tenir la laisse courte à « H. de V. ».

Valentine haussait les épaules : elle gardait pour elle les confidences de son père. Cela lui suffisait à se persuader qu'elle avait été le seul amour sincère de sa vie.

Louise la ramenait alors doucement vers l'évidence : à aucun moment − et il y en avait eu tant où cela eût été possible − Antoine n'avait manifesté la moindre velléité de révéler la vérité. Il avait tout gardé pour lui. Valentine, expliquait Louise, devrait aller parler à l'autre famille de son père. Peut-être, là-bas, en savaient-ils davantage ?

Valentine ne voulait pas. Elle ne pouvait se faire à l'idée que son père avait pu confier à d'autres des secrets qu'il lui aurait refusés.

Et puis, un jour d'août, elle se décida à entreprendre le voyage pour Aurygnan. Louise, qui venait de passer son permis de conduire, l'accompagna dans la camionnette de la librairie.

À la sortie d'un virage, au débouché de la sombre forêt de chênes qui faisait la célébrité de la région, une fois passé le lac de Lavrille où l'on venait, l'été, se baigner et canoter en famille, Valentine désigna à Louise, à côté de la pancarte annonçant l'entrée d'Aurygnan, le chemin de terre annoncé par Cécile. Il menait à une grille de fer forgé derrière laquelle se dressait, après cent mètres d'une belle route goudronnée, ce que les gens de la région nommaient à présent « la ferme du bigame ».

Trois corps de bâtiment de deux étages encadraient une cour pavée où deux labradors poursuivaient un tracteur qu'un ouvrier s'efforçait de faire rentrer sous un hangar. La maison ressemblait beaucoup plus à une résidence secondaire de riche Parisien qu'à une simple ferme. Rien, à part le tracteur, ne donnait le sentiment qu'on y travaillait la terre. Cécile les attendait sur le seuil. Elle était vêtue d'une robe courte et rouge, ce qui choqua Louise : « Drôle de veuve ! » La jeune femme s'approcha de la camionnette, embrassa les deux jeunes filles avec naturel et les guida vers l'intérieur.

Après un petit couloir tapissé de toile rose où trônait, au-dessus d'une console ancienne, une ramure de cerf, elles pénétrèrent dans un vaste salon somptueusement décoré, comme elles n'en avaient jamais vu que sur le papier glacé de certains magazines. Valentine devinait que Louise était aussi impressionnée qu'elle. Aux murs, une imposante bibliothèque faisait pendant à une haute cheminée. Cécile les pria de s'asseoir sur un canapé profond et s'installa face à elles dans un fauteuil à bascule.

Une jeune fille en tenue de soubrette vint apporter du thé et des gâteaux. Valentine se demandait comment son père avait pu supporter leur minuscule logement de Montverche, s'il vivait là le reste du temps.

Charles et Jean-Noël entrèrent et vinrent embrasser Valentine et Louise, sans un mot. Charles était grand et fort, presque obèse. Il était habillé d'un jean douteux et d'un pull troué. Il semblait n'être intéressé que par les gâteaux fourrés qui entouraient la théière. Jean-Noël était beaucoup plus petit, malingre. Valentine reçut un choc en le regardant se servir à boire : elle crut reconnaître le profil et les gestes de son père. Cécile remarqua son trouble et vint l'embrasser.

L'après-midi passa vite. D'abord, elles ne parlèrent pas d'Antoine, ni d'Étienne, mais des études et de la librairie. Cécile aurait adoré être institutrice, mais son père n'avait pas voulu. Elle était fille unique d'un riche fermier. Il avait exigé qu'elle l'aidât dans l'exploitation des cinq cents hectares. Elle aurait préféré habiter une grande ville, mais elle avait accepté cette vie à l'écart, d'abord pour plaire à son père, puis parce qu'elle y avait construit une existence heureuse avec Étienne. Elle l'avait rencontré à Paris, une des rares fois qu'elle y était allée seule. Elle semblait l'adorer encore et parlait de lui sans la moindre trace d'irritation ou de jalousie. Valentine devinait pourtant, derrière une assurance tantôt placide, tantôt véhémente, quelque chose comme une révolte déchirée.

Sur la cheminée, bien en évidence dans des cadres d'argent, Valentine remarqua de très nombreuses photos de son père, seul, avec Cécile ou avec les garçons. Quand elle surprit le regard de Valentine, Cécile proposa de lui montrer les albums de famille. Avant que Valentine n'eût répondu, Louise accepta avec enthousiasme. À la demande de sa mère, Jean-Noël revint avec quatre gros albums bien rangés. Valentine les feuilleta, crucifiée à chaque page. Des clichés d'anniversaires, de dîners, de vacances à la neige. Une série de photos en Égypte, d'autres à la mer, à l'ombre de palmiers. Une autre encore, avec un adorable petit chien qu'Étienne avait offert à Jean-Noël pour son quatrième anniversaire. Pendant qu'elle les regardait, sans cesse au bord des larmes, Valentine réalisa qu'elle n'était jamais partie en vacances, parce que sa mère ne pouvait quitter le restaurant. Cécile lui caressait les cheveux. Jean-Noël lui commenta doucement certaines vues, comme à une grande sœur retrouvée. Louise se joignit à eux. Elles rirent à découvrir une photo de Jean-Noël comiquement tombé de cheval. Les souvenirs se mirent à fuser, simples, limpides, heureux.

Cet été-là, Valentine revint plusieurs fois à Aurygnan. Cécile la reçut comme sa fille et s'arrangea pour la laisser de temps en temps seule avec Jean-Noël. Au cours de longues promenades sur les chemins de campagne, les chiens à leur côté, les deux jeunes gens confrontèrent leurs enfances sans gêne ni jalousie, découvrant que leur père leur avait fait les mêmes récits de ses voyages, hormis d'infimes nuances qu'ils se plaisaient à répertorier. Cela leur fit du bien. C'était comme s'ils avaient besoin de s'appuyer sur cette quasi-similitude pour se prouver que leur père avait vraiment existé, qu'Antoine de Lérieux et Étienne Rouche ne faisaient bien qu'une seule et même personne.

Au début de septembre, après un long déjeuner partagé dans le jardin d'Aurygnan où ils avaient beaucoup ri ensemble, Cécile proposa de nouveau à Valentine de venir vivre avec eux. Cela devait être triste de vivre ainsi toute seule à dix-sept ans. Émue, la jeune fille hésita, puis refusa. Elle préférait continuer de grandir dans sa solitude.

*

Elle commençait à comprendre qu'elle n'avait jamais été heureuse que dans le mensonge. La vérité devenait pour elle comme un oxygène pur qui consume toute vie, la pire ennemie des gens ordinaires.

*

À la fin de l'été 1977, au lendemain de son dix-septième anniversaire, Valentine commença à travailler chez Augustin. Non pour gagner de l'argent – la location du restaurant lui rapportait une rente régulière qui s'ajoutait à son confortable héritage –, mais parce qu'elle avait le sentiment que seuls les livres pourraient meubler le vide de ses jours et de ses nuits. Augustin l'employa d'abord à trier les volumes nouvellement acquis. Mais, bien vite, il comprit qu'elle s'attachait peu au contenu des ouvrages, hormis ceux qui lui restaient des recommandations de son père. Elle eut d'ailleurs du mal à mentionner autre chose que *La Mare au Diable* et *Jane Eyre* qu'elle avait lus avec peine il y a long-temps. Augustin lui fit remarquer que ces romans avaient été écrits par des femmes ; son père n'avait pourtant rien d'un féministe. Valentine, dans sa quête de signes, imagina que ce choix non plus n'était pas fortuit.

Elle admit que ce qui la passionnait, ce n'était pas le sujet d'un livre, mais le livre en soi. Elle aimait la forme de ces objets ; les secrets de leur fabrication l'intriguaient. Augustin lui enseigna comment reconnaître l'âge et l'origine d'un ouvrage ancien à son papier, à sa typographie, à sa reliure. Elle aima en imaginer avec lui les propriétaires successifs dont aucun n'aurait pu penser qu'il finirait un jour dans une grange, cédé au poids par un héritier soucieux de faire de la place dans quelque cabinet de travail réaménagé en salle de billard.

À la fin de septembre, Louise partit pour Paris. Elle allait partager un appartement avec une autre étudiante originaire de Montverche, la fille d'un des clercs de Mᵉ Lavelloux-Graël, Blandine Renaudin. Valentine la trouvait bavarde, coquette, prétentieuse et intéressée seulement par l'argent.

Elle regretta le départ de Louise, mais ne l'envia pas. Elle ne s'imaginait pas vivre ailleurs qu'à Montverche. Son univers lui semblait borné à jamais par les bords de la Loire au nord, la colline de Jayeux à l'est, l'abbaye de La Courroye à l'ouest, et, au sud, les grands étangs de la Lustérine d'où venaient le vent et les orages.

L'automne fut mélancolique. Valentine travaillait très tard, quai des Acacias, puis rentrait chez elle en s'arrêtant parfois aux Trois Horloges où Rosalie lui tenait compagnie.

Cécile traversait de temps en temps le département, parfois avec Jean-Noël, de plus en plus souvent seule. Elle aussi avait besoin de parler de l'homme qui avait partagé sa vie. Pour ne pas douter de ce qu'elle avait vécu, ne pas succomber à la dépression ou à la folie. Elles échangèrent leurs souvenirs de plus en plus longuement, comme deux femmes qu'une rivalité lointaine et estompée finit par rapprocher.

Juste avant Noël, à l'invitation de Louise, Valentine vint passer quelques jours à Paris. De cette ville elle ne connaissait rien, moins même que de Singapour ou de Rotterdam ; son père ne lui en avait jamais parlé. Parce qu'il n'y avait jamais été. Du moins le lui avait-il dit ; mais, de cela comme de rien, désormais, elle ne pourrait plus être assurée.

Louise vint la chercher en gare d'Austerlitz ; elles marchèrent le long des quais, jusqu'à la rue Maître-Albert où la jeune étudiante occupait un petit appartement au dernier étage d'un immeuble particulièrement biscornu. Deux chambres, un minuscule salon où une cheminée mangeait tout un mur, et, par une grande fenêtre d'angle, une exceptionnelle vue sur Notre-Dame. Ce logement, expliqua-t-elle, appartenait à d'excellents clients de son père, partis pour six mois autour du monde.

Louise installa Valentine sur un canapé, au salon. Blandine jouait à la maîtresse de maison et parlait de Paris, dont elle connaissait tout, avec une condescendance affichée pour la visiteuse de province. Louise comprit vite que le dîner prévu à trois ne pourrait avoir lieu. Elle entraîna son amie de l'autre côté du boulevard Saint-Germain, vers la rue de la Montagne-Sainte-Geneviève. Elles entrèrent dans une de ces petites échoppes au rez-de-chaussée d'un immeuble délabré, aménagé tant bien que mal en restaurant, fréquenté par des touristes désargentés, des dactylos à ticket-restaurant et des étudiants du quartier quand ils avaient encore, en début de mois, les moyens d'échapper à l'ordinaire des cantines universitaires. L'établissement était à l'enseigne de *Delphes, restaurant grec*. La nourriture était française, les garçons parlaient entre eux l'italien. Il ne devait y avoir là de grec qu'une affiche vantant les charmes de Patmos.

Tout à son enthousiasme pour sa vie nouvelle, Louise évoqua, pendant qu'on leur servait un dîner pitoyable, les cours de peinture occidentale du seizième siècle dispensés par un professeur exceptionnel, un puits de science − et beau, ce qui ne gâtait rien. Hugues Daurès (c'était son nom), venu de Toulouse, enseignait à la Sorbonne pour la première année et avait au moins autant le trac que ses étudiants. Ses cheveux blonds un peu en bataille, ses vêtements trop longs, sa voix à la fois charmeuse et hésitante, les notes qu'il perdait ou mélangeait, tout ce côté brouillon de sa personnalité conférait un charme particulier à ses cours. Il connaissait comme personne les ennuis d'argent de Titien et savait tout des démêlés de Bruegel l'Ancien avec les autorités. Il donnait l'impression de sortir à l'instant de l'atelier des artistes dont il parlait. Et racontait tout cela sur le ton de la confidence, comme s'il n'était là que pour faire partager à ses auditeurs les secrets d'une passion, et non pour leur assener un savoir.

Toutes les étudiantes se battaient pour avoir de bonnes raisons de le rencontrer après les cours. Louise en était, mais, pour l'instant, elle n'avait pas encore réussi à l'aborder. Malgré ses efforts vestimentaires, il ne semblait pas l'avoir particulièrement remarquée dans l'amphi plein à craquer.

Rien n'ennuyait plus Valentine que ce genre de conversation. Elle ne s'imaginait pas du tout dans ce type de vie, et la futilité des enthousiasmes de Louise la décevait. Tout en écrasant dans son assiette les restes immangeables d'un flan farineux, elle en était à se demander si, à son retour à Montverche, tout cela ne rendrait pas plus facile leur séparation, quand la porte du restaurant s'ouvrit à grand fracas.

Un jeune homme les bouscula pour venir s'affaler à la table voisine, y étalant livres, journaux et papiers qu'il transportait comme un poids trop lourd dont il avait hâte de se délester. C'était une table pour six personnes et il était seul. La serveuse lui proposa de s'installer à une table pour deux couverts, un peu plus loin, mais il ne voulut rien entendre. Il avait donné rendez-vous à une dizaine d'amis, mais commencerait à dîner sans les attendre. Il paraissait déjà connaître le restaurant et demanda à voir le patron, qui n'était pas là.

Il s'assit juste à côté de Valentine, face à Louise qui eut bien du mal à ne pas le dévisager. Frisé, petit, les yeux masqués par d'épaisses lunettes, il semblait décidé à tout faire pour ne pas passer inaperçu. Accoutré d'un pantalon gris clair aux jambes un peu trop courtes qui laissaient voir des chaussettes tirebouchonnées dont la couleur, si elle avait eu un nom, eût été le kaki, il portait une veste à carreaux chocolat et jaune d'œuf par-dessus une chemise beige largement échancrée sur un torse velu où pendait un énorme collier, peut-être en or, en tout cas rutilant.

Il resta longtemps comme fasciné par la lecture du menu, entrecoupée de coups d'œil irrités à l'horloge du bar ; puis il entama avec la serveuse une interminable conversation sur la composition des divers plats, la façon dont on les accommodait, la propreté de la cuisine, qu'il demanda à visiter, ce qu'elle refusa. Au bout d'un long moment, excédée par ses questions, elle lui proposa d'aller à l'épicerie la plus proche lui acheter un paquet de biscottes. Il haussa les épaules et commanda une salade et une omelette, hésita encore sur le choix du vin, pour finir par demander de l'eau plate qu'il renvoya parce que le goulot de la carafe lui paraissait suspect. La serveuse partit en soupirant, expliquant à Louise qu'elle ne savait quel péché elle avait pu commettre pour avoir été condamnée, avant même le Jugement dernier, à d'aussi lamentables travaux.

Le jeune homme feignit de ne pas remarquer la façon plutôt désinvolte dont la serveuse jeta l'omelette devant lui et dont elle fit la sourde oreille quand il réclama en hurlant une autre salière. Il dîna en hâte, ouvrant et refermant à tour de rôle, de façon fébrile et incohérente, trois gros cahiers à spirales en fort mauvais état qu'il lisait presque à haute voix, griffonnant des notes dans un classeur vert sur lequel il renversa son verre et une bonne partie de l'assaisonnement de sa salade.

Alors qu'il terminait son omelette, il mit son stylo dans sa bouche au lieu de sa fourchette, regarda si personne ne l'avait vu, fit une grimace burlesque en direction de Louise qui pouffait, tout en lui décochant un regard qui sembla extrêmement furibond, en dépit de l'épaisseur de ses verres de lunettes. Puis il se replongea dans ses cahiers, marmonnant à grande vitesse des remarques inaudibles tout en piochant avec les doigts dans son assiette, maculant les pages de jaune d'œuf et de graisse.

Assise juste à côté de lui, Valentine aurait pu lire, si elle avait osé tourner la tête, le contenu de ses cahiers. Elle pensait que ce devait être un assistant corrigeant une thèse ou bien un lecteur de maison d'édition examinant des manuscrits. Elle était fascinée par l'énergie qui émanait du personnage et elle n'écoutait plus Louise, qui lui en fit reproche en lui pinçant la main. Valentine sursauta, sa serviette tomba. Le jeune homme se baissa pour la ramasser. Elle l'avait devancé et leurs têtes se heurtèrent. Il la regarda fixement sans se redresser. Elle se sentit transpercée, comme hypnotisée, elle frissonna, se releva et s'abstint de lever les yeux dans sa direction jusqu'à la fin du repas.

Alors que les deux jeunes filles se partageaient l'addition, l'homme se leva d'un bond, renversant carafe d'eau et tasse de café, hurlant qu'on lui avait volé sa montre. Ce ne pouvait être que maintenant, dans ce restaurant : il l'avait en rentrant, il en était sûr, une montre de gousset rarissime qui lui venait de son arrière-arrière-grand-père, une Bréguet de 1816, un modèle unique. Tout en gesticulant, il fixa Valentine et Louise vers qui tous les regards convergèrent. Les deux jeunes filles rougirent, protestèrent, proposèrent même d'ouvrir leurs sacs.

Le jeune homme fit alors rire tout le monde en se souvenant d'avoir oublié sa montre chez une amie où il avait passé l'après-midi. Il insista d'un ton avantageux : tout l'après-midi.

Louise laissa s'épancher sa fureur à mots brutaux et naïfs. Le jeune homme s'excusa, se présenta : Raoul, Raoul Lentier, producteur de cinéma.

Sans demander l'avis de personne, Raoul souleva sa chaise et vint s'installer à la table des deux jeunes filles, les forçant à se rasseoir, proposant de leur offrir un café, un alcool, un cigarillo, un gâteau au miel et aux amandes dont ce restaurant se faisait une spécialité, des places de cinéma, les œuvres de Machiavel dans la toute nouvelle édition de la Pléiade, tout ce qu'elles voudraient, pour se faire pardonner. Valentine admirait son aplomb. Il lui donnait un charme que lui-même semblait estimer irrésistible. Elle pouffa, se rassit et voulut accepter. Louise refusa et agrippa la main de Valentine pour l'entraîner : elle avait donné rendez-vous chez elle à des amis et ne se voyait pas passer le reste de la soirée à écouter les vantardises d'un paumé. Valentine se leva et la suivit sans oser se retourner pour répondre au tonitruant « Alors, à bientôt ! » du jeune homme.

Quelques mois plus tard, quand ce fut devenu entre eux une manière de jeu que de se raconter inlassablement leur première soirée, Raoul prétendit à Valentine qu'il était sûr de l'avoir séduite dès que leurs regards s'étaient croisés, sous la table du restaurant grec de la rue de la Montagne-Sainte-Geneviève. Il avait, expliqua-t-il, un truc infaillible pour savoir s'il plaisait aux femmes : quand elles s'intéressent à un homme, elles ont toujours un geste instinctif qu'elles ne peuvent contrôler, quel que soit leur sang froid ; elles promènent la main dans leur chevelure comme pour se recoiffer, vérifier leur séduction en l'absence de miroir. Et elle l'avait eu ce geste, en se relevant, après avoir cherché sa serviette tombée sur le sol. C'est ce qui avait tout déclenché. Elle ne sut jamais si elle lui avait vraiment plu ce soir-là, ou si tout cela n'avait été pour lui qu'une façon d'ajouter une proie à un tableau de chasse qu'il laissait entendre fort rempli.

*

*Personne n'aurait rien pu pour elle. Elle ne s'in-
téressait qu'aux menteurs, sans doute parce qu'elle
espérait trouver chez eux la vérité de son enfance.*

*

En rentrant rue Maître-Albert, les jeunes filles
parlèrent de Raoul. Louise était convaincue que
son histoire de montre oubliée et retrouvée était
imaginaire. Tout cela n'était qu'une vulgaire technique de drague qu'il devait employer avec toutes
les femmes croisant sa route. Tout le reste lui semblait aussi relever de la mise en scène : les livres et
les cahiers, la commande passée d'une voix grin-
cheuse, la grande table réclamée pour lui seul, le
livre tombé à terre. Cela devait faire partie d'une
stratégie bien au point pour accrocher sa victime
une fois qu'il l'avait sélectionnée. Et, ce soir-là, il
avait jeté son dévolu sur Valentine. Heureusement
qu'elle avait été là, Louise, pour la sortir de ce guet-
apens ; sinon, sans doute aurait-il proposé de la
raccompagner, il se serait cramponné. Et Dieu sait
ce qu'elle, pauvre naïve, serait devenue... Et puis,
se faire passer pour un producteur de cinéma ! La

plus vieille ruse des don juans de banlieue pour fasciner les petites provinciales. Grotesque !

Valentine l'avait laissée dire, puis elle avait murmuré d'une voix placide que, tout au contraire, elle croyait en la sincérité de Raoul (son prénom lui venait facilement) ; il avait l'air si égaré, si étranger, si malheureux. Cet après-midi-là, sans doute avait-il rompu avec l'amie chez qui il avait oublié sa montre. Sinon, pourquoi serait-il venu dîner seul ? Elle le savait depuis sa plus tendre enfance : les hommes dînent rarement seuls dans les restaurants, même les voyageurs de commerce.

Louise se moqua : comment Valentine pouvait-elle être aussi naïve ? Il ne lui arriverait que des ennuis, dans la vie, si elle gobait ainsi les histoires du premier venu. Elle lâcha : « Ton père ne t'a donc pas servi de leçon ? » et, tout de suite, elle s'en voulut d'avoir prononcé ces mots. Valentine fondit en larmes et s'enferma dans la salle de bains pendant une bonne partie de la nuit, malgré les supplications de Louise.

Un matin de la semaine suivante, à la veille de son retour à Montverche, Valentine sortait de la rue Maître-Albert pour une promenade dans les librairies du quartier, quand elle se heurta à Raoul, les bras chargés de paquets. Il était venu, expliqua-t-il, récupérer quelques affaires laissées chez l'amie avec qui il venait de rompre définitivement. Elle habitait justement là, tout à côté.

Ils déjeunèrent ensemble à la Bûcherie, face à Notre-Dame, où il semblait avoir ses habitudes. Elle lui posa de brèves questions qui déclenchèrent d'interminables réponses. Oui, il était producteur de cinéma depuis pas mal d'années. Non, il n'avait jamais fait d'études pour cela. Avant d'écrire des scénarios et de les produire, il avait été journaliste, correspondant de guerre au Vietnam. Et, avant encore, révolutionnaire en Amérique latine, en Bolivie, en Uruguay et en Argentine. C'était dans une autre vie, sous un autre nom, celui de Paul-Édouard Grunberg. Mais, de cela, il ne parlait jamais. D'ailleurs, pourquoi lui en parlait-il maintenant ? Il assura s'en vouloir de cette confidence, insista pour qu'elle l'oubliât. Quel âge avait-elle ? Dix-sept ans ? Une enfant ! Il en avait presque le double ! Non, il n'avait pas encore produit un seul film en France, mais il avait plusieurs projets déjà bien avancés, pratiquement financés, que se disputaient les chaînes de télévision nationales et dans lesquels les meilleurs comédiens de Paris tenaient absolument à jouer. Oui, il en écrivait lui-même les scénarios et en choisissait les réalisateurs. Il n'avait pas encore mis en train sa grande œuvre, celle qu'il voulait réaliser depuis qu'il s'était lancé dans ce métier, l'adaptation de *À l'Ombre des jeunes filles en fleurs*, dont il pouvait réciter par cœur des pages entières. Il ne voyait pas d'autre réalisateur possible que Kubrick, mais le maître ne se laissait pas facilement approcher. Ce film, il le ferait un jour, quand il en aurait réussi beaucoup d'autres et qu'on ne pourrait plus rien lui refuser. Pas même Stanley Kubrick. Parce qu'il ne voulait tourner que des films de très haute qualité avec de très grands metteurs en scène.

Pour l'instant, son projet le plus avancé était une adaptation du *Rivage des Syrtes*. Gracq lui en avait cédé les droits, refusés à tout Hollywood. Un gros budget avec des tournages en Italie et en Turquie. Il aurait préféré les plages d'Albanie, mais cela s'était révélé impossible. Bien que le nouveau ministre français des Affaires étrangères fût son meilleur ami, il n'avait pu obtenir les autorisations nécessaires pour tourner dans le pays du président Hodja, qu'il connaissait bien, pourtant, « pour l'avoir rencontré dans une vie antérieure ». En disant cela, il sourit d'un air entendu, comme si Valentine aurait dû tout savoir de la nébuleuse géopolitique des groupuscules d'extrême gauche.

Elle avait lu le roman de Gracq et l'avait aimé. Elle trouva qu'il en parlait joliment. Il l'étourdissait de noms de chefs opérateurs, d'éclairagistes, de preneurs de son, d'acteurs, de distributeurs, d'agents, de comédiens qu'il supposait connus d'elle. Il l'invita à venir le rejoindre sur son prochain tournage. Elle l'écoutait avec une attention qui n'était que polie : le cinéma n'était pas son univers. Sa mère n'avait jamais voulu avoir la télévision et Valentine n'avait pas gardé le moindre souvenir d'un seul film. Mais il ne l'interrogea pas. Elle n'était pour lui qu'un public. Quand elle put placer un mot, elle expliqua qu'elle n'aimait ni le cinéma ni le théâtre, ni même, ajouta-t-elle en réponse à une question, la première qu'il lui posait, les romans. Sauf les romans écrits par des femmes, précisa-t-elle en se rappelant la remarque d'Augustin à propos des recommandations de son père. Il l'interrompit pour l'approuver : d'après lui, les hommes ne savaient pas écrire de vrais romans ; ils y mettaient trop de force, de poids : « Comme quand ils s'enfoncent dans le corps d'une femme. Oui, ils écrivent comme ils font l'amour, pour faire jouir, croient-ils ; pour jouir, en réalité, toujours avec l'air de demander s'ils ont donné du plaisir. Insupportable ! »

Il avait dit cela sans cesser de la fixer. Elle ne cilla pas. Elle pensa qu'il avait peut-être raison, que, si elle n'aimait pas les romans écrits par les hommes, c'était peut-être parce qu'elle n'aimait pas faire l'amour. Ou plutôt qu'elle n'aimait pas qu'on le lui fasse, parce qu'elle n'avait jamais bien compris ce qu'elle avait à y faire. « Par contre, poursuivit-il, les romans de femmes, c'est doux, c'est vrai, c'est simple, délicat et rafraîchissant, comme des chocolats à la menthe. »

Raoul parla longuement, des heures peut-être, dans le restaurant où les convives du déjeuner laissaient peu à peu la place aux couples venus prendre le thé. Valentine observait ses grosses pattes velues manucurées avec soin. Elle l'écouta peu, puis plus du tout, se laissant déborder par l'avalanche de noms, de citations, d'anecdotes. Son vocabulaire la fascinait. Plus encore sa voix profonde et rauque, chaude et charmeuse. Négligeant le sens des mots, elle essaya d'en suivre le rythme où graves et aigus se bousculaient en chocs paradoxaux. Elle chercha ce qui lui faisait trouver du charme à des accents aussi rocailleux. Parfois, elle émergeait de ses pensées pour entendre dégringoler sur elle en avalanche « Nouvelle Vague », « les Cahiers », « sélection », « Festival », « contre-plongée », « Truffaut », « deux cents millions », « plan américain », « ministre », « Jean-Luc », « avances sur recettes »...

Il ne s'étonnait pas qu'elle ne lui posât aucune question. Il avait l'air de trouver tout à fait normal qu'elle se contentât des réponses qu'il apportait à ses propres interrogations. Il sortit d'un gros portefeuille des photos prises dans des restaurants en bord de plage, où on le voyait en compagnie de filles hilares en maillots de bain et de gros hommes en smoking. Il en jetait les noms au passage, comme un général énumère ses victoires. Elle n'en avait jamais entendu parler, mais elle fit semblant de les connaître tous pour ne pas le décevoir, ne pas lui dévoiler l'immensité de son indifférence. Après tout, peut-être les connaissait-elle ? Il en parlait avec tant d'aplomb, d'enthousiasme et d'évidence qu'elle en venait à douter puis à rougir de sa propre ignorance.

Il semblait se contenter de faire comme si elle n'était pour lui qu'une admiratrice éperdue à qui sa condescendance nonchalante déversait un savoir généreux. Elle se demanda s'il avait envie de la séduire. Fascinée par sa façon de donner l'impression de s'intéresser à autrui sans jamais cesser de parler de lui-même, elle se laissait entraîner tout en cherchant à deviner comment le déjeuner allait finir. Il allait sûrement l'inviter à passer l'après-midi chez lui ; elle était décidée à refuser, mais elle ne voulait ni le fâcher ni lui paraître revêche. Elle regretta de porter sa robe grise, fermée trop haut, qui devait lui donner l'air d'une provinciale hors du coup. Pendant qu'elle s'interrogeait ainsi sur la suite des événements, il évoquait trois de ses amis qui venaient de mourir coup sur coup : Chaplin, Prévert, Nabokov. Elle fit semblant de tout connaître d'eux.

Alors que le dernier client du restaurant réglait sa note, Raoul finissait de raconter une longue histoire de chasse à l'éléphant en Afrique (qui, étrangement, devenait parfois, au détour du récit, chasse à la bécasse en Irlande), démontrant l'intimité de ses relations avec le président d'une grande chaîne de télévision, à moins que ce ne fût avec le président de la République, mêlant d'ailleurs allègrement les deux dans la même battue, voire la même phrase. Elle se demandait si tout cela avait la moindre chance d'être vrai ou si c'était son propre silence qui encourageait le jeune homme à lâcher ainsi la bride à son imagination.

Ils sortirent les derniers du restaurant. Il pleuvait. Il ne lui proposa pas de la raccompagner, mais lui tendit la main, sans chercher à l'embrasser ni même lui demander son adresse. Elle en fut surprise et déçue. Elle lui proposa de se revoir un jour. Il sourit et répondit un oui vague, un peu ennuyé, comme s'il devait céder à quelque politesse. Elle ne savait plus où se mettre, mais, pour ne pas perdre contenance, feignit de ne pas avoir remarqué son manque d'enthousiasme et suggéra de dîner ensemble le lendemain, veille de son retour à Montverche. Il accepta avec fougue, sortit de sa poche un vieux carnet toilé, équipé d'un crayon mâchouillé qui avait dû être rouge, mais il parut brusquement ennuyé. Désolé, expliqua-t-il, il ne pourrait pas, il avait un rendez-vous très important pour son film, impossible de le décommander. Il l'avait oublié, mais c'était marqué là, noir sur blanc, et rien ne pouvait plus faire que cela ne le fût pas. Et puis, semblant lui accorder une faveur extrême, il proposa de la retrouver le lendemain après dîner. Ce ne serait pas trop tard, et ils pourraient aller prendre un verre. Justement, une nouvelle boîte de nuit venait de s'ouvrir dans le quartier et on le suppliait de s'y montrer. Il en avait oublié le nom, mais, d'ici le lendemain, pas de doute, il le retrouverait. Elle hésita, puis accepta. Il viendrait la chercher. À onze heures du soir.

Elle attendit toute la soirée beaucoup plus fébrilement qu'elle ne l'aurait imaginé. Louise s'était enfermée dans sa chambre, furieuse que Valentine préférât sortir avec un inconnu plutôt que de lui consacrer sa dernière soirée parisienne. Ce n'était qu'un banal dragueur, un pseudo-producteur comme il y en avait tant à Paris, et Valentine aurait dû au moins lui demander quelques preuves de tous ses racontars. Par exemple, de lui montrer la fameuse montre de son grand-père qu'il prétendait avoir récupérée chez son amie.

Quand Raoul appela, vers une heure du matin, Valentine s'était endormie près du téléphone. Il expliqua qu'il avait négocié le contrat d'un artiste américain important, que la discussion avait été serrée, mais qu'il était arrivé à ses fins. Ah, et puis... il n'avait pu appeler plus tôt. Désolé. Peut-être était-il trop tard pour venir la chercher ? En tout cas, l'heure n'était pas trop avancée pour aller en boîte. À Paris, on ne s'y montrait pas plus tôt, de toute façon. Elle eut envie de lui dire de venir quand même, mais, devant la moue furieuse de Louise – que la sonnerie du téléphone avait réveillée et qui s'était plantée devant elle, en chemise, dans le salon –, Valentine s'entendit répondre qu'elle avait trop sommeil, qu'elle partait tôt le lendemain matin, qu'il valait mieux remettre. Elle l'invita à venir la voir, un prochain dimanche, à Montverche. Ce n'était pas bien loin : deux heures de voiture, au plus. Elle lui donna le numéro de téléphone. Il raccrocha sans répondre.

Il vint dès le dimanche suivant, premier dimanche de décembre 1977, à l'heure du déjeuner, avec une énorme boîte de chocolats fourrés et une petite valise.

Il s'installa comme chez lui, dans une des chambres du second étage de la maison Claudial. L'endroit idéal, avait-il décrété, pour finir le scénario qu'il avait entrepris d'écrire. Il aurait juste besoin de deux ou trois jours. Pouvait-il rester ? Cela ne la gênait nullement.

Ils se mirent à table. Valentine se tenait face à lui, maladroite, dans le grand salon à peine meublé du premier étage, dans l'aile d'où la vue sur la Loire était particulièrement sublime. Malgré quelques travaux, la maison était encore vide, impersonnelle. Et un homme était là, qui déjeunait avec elle. Elle avait fait venir le repas des Trois Horloges et la fille du cuisinier, qui avait tout apporté, restait à les observer en pouffant depuis la cuisine. Il dévora, sans formuler la moindre remarque, un repas trop raffiné. Entièrement occupé par le récit du scénario de son prochain film, il ne demanda pas à Valentine si elle l'avait cuisiné elle-même.

À la grande surprise de celle-ci, le scénario en question ne concernait plus *Le Rivage des Syrtes* ; il s'agissait de tout autre chose. Un projet extraordinaire dont il venait de donner la primeur à Paul Newman, qui tenait absolument à y jouer le rôle principal. *La Femme du père*, raconta-t-il au café en dévorant un à un les chocolats qu'il avait lui-même apportés, était l'histoire d'une jeune aristocrate anglaise, devenue l'épouse d'un milliardaire irakien, réfugié politique à Londres, ayant fait fortune dans le commerce des armes. Elle tombait amoureuse d'un Pakistanais livreur de pizzas et abandonnait tout pour le suivre. Le livreur l'emmenait vivre dans un taudis de la banlieue londonienne où il la mêlait à un trafic de stupéfiant et à des bagarres entre Tamouls et Bengalis. Jane – c'était son prénom –, Jane Lewpton sombrait jusqu'à l'ultime déchéance. On découvrait aux trois quarts du film qu'elle avait fait cela pour se punir d'avoir été violée par son père, un lord anglais que devait interpréter Paul Newman, un officier de l'armée des Indes resté hanté par le cauchemar des tortures subies dans les prisons japonaises où il avait souffert plus de quatre ans après la chute de Corregidor, en 1942. Raoul était arrivé avec quelques livres sur l'histoire du conflit indo-pakistanais, sur l'invasion des Philippines par le Japon, et divers témoignages sur les méthodes d'interrogatoires en usage dans les dictatures. C'était justement la scène qui lui restait à écrire. Il était temps : le tournage du film était prévu pour le printemps suivant, en Thaïlande. Tout était prêt. Il en était non seulement le scénariste, mais aussi le producteur, assisté d'une des majors américaines dont le président lui faisait pleine confiance.

Il ne parlait plus du tout du *Rivage des Syrtes* dont le tournage était encore, quelques jours auparavant, si imminent. Elle s'en étonna. Il éluda comme s'il s'agissait d'un secret d'État dont il était le dépositaire et qu'il ne pouvait lui faire partager.

Une fois la table desservie, il déclara qu'il lui fallait s'enfermer pour écrire. Elle le conduisit à sa chambre, dans l'aile opposée à la sienne. Et l'y laissa.

Il n'en ressortit pas jusqu'au dîner. Cette nuit-là, il vint se glisser dans son lit sans qu'elle protestât. Le lendemain, il s'enferma de nouveau pour travailler et, à nouveau, ne se montra que pour dîner. Elle avait repris dans la journée le chemin de la librairie et ils ne se retrouvèrent que le soir où il meubla la conversation par le récit de ce qu'il avait écrit dans la journée, d'une part, et, d'autre part, par un compte rendu détaillé de ce qui se passait à Paris, qu'il avait appris grâce aux heures qu'il avait passées au téléphone sans même lui avoir demandé l'autorisation de s'en servir.

Raoul resta deux semaines à Montverche. Rien de leurs étreintes nocturnes ne s'exprimait dans leurs relations diurnes. Autant il pouvait se révéler, la nuit venue, un amant doux et attentionné, délirant de projets, de promesses, de serments, autant il se comportait de jour en hôte mufle et indifférent.

À l'avant-veille de Noël, décrétant son scénario parfait, il remonta à Paris. Elle passa seule les deux réveillons. Il ne l'appela pas une seule fois. Elle pleura un peu quand Louise téléphona de Serre-Chevalier pour lui proposer de la rejoindre.

Raoul lui manquait, il revint à l'improviste un matin de février 1978. Elle l'accueillit sans protestations ni questions. Il avait encore du travail à faire sur le scénario du *Rivage des Syrtes*, et puis aussi sur un autre, une nouvelle idée extraordinaire dont il ne pipa mot.

Quand elle chercha à savoir si le tournage de *La Femme du père* restait imminent, il ne fit que bougonner une réponse inaudible.

Il repartit trois semaines plus tard, cette fois aussi sans prévenir.

Il reparut au bout d'un mois avec quatre valises, annonçant qu'il avait rendu les clés de son appartement parisien dont le propriétaire était un escroc. S'ensuivit une longue histoire de fuites d'eau tournant à la cataracte, d'expertises ruineuses, d'une gérante amoureuse de lui, de loyers qu'il refusait de payer, de papiers bleus, d'huissiers, d'avocats, de juges, d'enquêtes parallèles, de filatures, d'écoutes téléphoniques, de procédures au coût exorbitant, de malfaçons volontaires, de tentatives d'assassinat qui faisaient de ce litige immobilier la plus formidable bataille judiciaire qu'avait dû connaître le Palais depuis des lustres. Tout en racontant ces avanies, il défaisait ses valises et répartissait ses livres, ses disques, ses vêtements aux quatre coins de la maison, comme si c'était la chose la plus naturelle du monde.

Sur la grande table du salon, il installa amoureusement sa machine à écrire, une rame de feuilles blanches et une pile de livres tous recouverts d'un papier kraft. Il la pria de ne pas chercher à en connaître le contenu, car il s'agissait de la documentation destinée à son prochain scénario, ultrasecret. D'ailleurs, il ne faudrait pas qu'elle s'en offusquât, mais il les renfermerait dans sa très grosse valise chaque fois qu'il aurait fini de les consulter. Il y était tenu par contrat.

De ce scénario, confidentiel et probablement explosif, elle ne sut jamais rien. Comme du sort de *La Femme du père*, dont il ne lui parla plus. Pendant les années qui suivirent, elle allait guetter la sortie d'un film portant ce titre ou s'inspirant pour le moins d'un scénario du même genre. En

vain. Le projet avait dû sombrer corps et biens.
Comme *Le Rivage des Syrtes*.

Sans l'avoir décidé, sans vraiment l'installer dans
sa vie, Valentine le laissa camper dans la sienne.
Cette année-là, il passa l'essentiel de son temps à
Montverche, à écrire et à lire. Elle le vit dévorer
des essais sur Proust, d'autres ouvrages sur la che-
valerie, la marine, la poésie médiévale, la cuisine
normande, les armures, les batailles du quinzième
siècle, la diplomatie du Vatican, l'héraldisme et
l'histoire de l'Angleterre. Parfois il repartait pour
Paris, toujours sans prévenir, et revenait sans lui
donner davantage d'explications, sinon furtives,
contradictoires et invérifiables.

Il laissa entendre qu'il avait dû renouer avec
d'anciens amis, dangereusement liés aux Brigades
rouges qui venaient, en Italie, d'assassiner Aldo
Moro. Il lui fallait leur venir en aide, leur trouver
un refuge, les exfiltrer ; mais elle ne devait pas
s'inquiéter, il n'utiliserait la Maison Claudial qu'en
toute dernière extrémité. Et, de toute façon, ce
n'était qu'un devoir d'assistance, sans implication
politique. Il avait depuis longtemps tiré un trait
sur ses illusions. On ne pouvait rien changer par
les armes. Par les urnes non plus, d'ailleurs :

l'Union de la gauche en France était une escroquerie dirigée par des politiciens ringards et opportunistes. Tout cela ne mènerait nulle part. Seul valait la peine d'essayer de répandre, par le cinéma, une idéologie de la non-violence. Tel était désormais son combat.

Au cours de ces premiers mois de leur vie commune, il disparaissait ainsi sans prévenir, revenait sans un mot d'explication, avec seulement de lourds sous-entendus sur les risques qu'il prenait par simple fidélité à sa jeunesse.

Un jour, il l'avertit qu'il devait assister aux obsèques de Jacques Brel, dont elle découvrit à cette occasion qu'il avait été son meilleur ami.

Un mois après, il lui chuchota, comme s'il craignait que la pièce ne fût truffée de micros, qu'il avait été appelé en grand secret par le cardinal-archevêque de Paris pour rencontrer une haute personnalité vaticane. On avait besoin de lui, là-bas, pour préparer un film sur la vie du pape Jean-Paul Ier, lequel venait de disparaître au bout d'un mois de règne. Assassiné, Raoul en était certain.

Quand il lui présentait des amis – qu'il conviait maintenant par fournées entières à passer le week-end au Château Claudial –, il ne résistait jamais au plaisir de prétendre connaître mieux que personne celles des célébrités parisiennes dont ses visiteurs disaient du mal. Il prétendait adorer la compagnie des voyous, dont la conversation nourrissait son imaginaire beaucoup mieux que celle des honnêtes gens. Il savait tout des personnalités qui venaient de mourir et dont Valentine découvrait à cette occasion qu'il avait été l'intime : après Brel, ce fut Claude François, puis même, par un détour dont il ne voulut rien révéler, Golda Meir.

Sans chercher à le savoir, sans poser de questions, sans y attacher d'importance car elle commençait à l'aimer, elle réalisa que Raoul était un illusionniste de première force, un artiste du mensonge. Non pour lui cacher une autre vie, mais pour lui faire croire qu'il en avait une, au moins une. Il ne se préoccupait pas de savoir si elle était dupe de ses récits. La convaincre n'était pas son but. Elle comprit peu à peu qu'il mentait ainsi par insolence, par peur d'être noyé dans la masse, de laisser sa vie se fondre dans la prose grise d'une vérité sans surprise, par souci de camper dans la légende. Pour clamer ce qu'il aurait tant voulu avoir le courage de penser ou la force de vivre. Même surtout s'il n'avait rien à cacher. Pour pouvoir raconter ce qu'il aurait tant voulu qu'il fût vrai, voire pour faire en sorte que cela le devînt. Et de préférence quand cela n'était pas nécessaire, juste pour le plaisir de risquer de se faire prendre. Afin de rester à ses propres yeux un permanent sujet d'émerveillement, il ne résistait pas au besoin d'enjoliver tout, même les moindres détails de la vie quotidienne, quitte, s'il était surpris à mentir, à perdre durablement la confiance de ceux qu'il voulait ainsi séduire. C'était comme si les autres n'étaient que les spectateurs de son théâtre, les confidents infiniment crédules de ses prouesses imaginaires.

*

Encore une illusion à laquelle Valentine devrait renoncer un jour.

*

Elle finit par s'avouer ce qu'elle savait inconsciemment depuis le premier jour et que Louise n'avait cessé de lui répéter : Raoul ne l'attirait que parce qu'il ressemblait à Antoine. Et elle pensait confusément que déchiffrer les mensonges de son amant l'aiderait à mieux comprendre ceux de son père. À comprendre comment les menteurs savent protéger leur bonheur derrière des barricades de mots.

*

Aimer Raoul, c'était encore aimer son père. Ne pas juger les mensonges de Raoul, c'était absoudre ceux d'Antoine.

*

Bien qu'elle se doutât qu'il apprendrait un jour que son père n'avait pas été le marin qu'il avait prétendu être, Valentine ne pouvait se résigner à l'avouer à Raoul. Alors elle lui mentit, sans vraiment raconter des choses inexactes : son père, expliqua-t-elle, avait été un officier de marine ; il était mort dans un accident de la circulation en rentrant chez lui. Ce fut tout. Il la regarda en silence, peut-être un brin moqueur, mais ne posa aucune question. Il ne chercha même pas à savoir qui était cette cousine de sa mère que Valentine allait voir de temps à autre à Aurygnan. Et quand Cécile venait à Montverche, Valentine s'arrangeait toujours pour qu'elle ne croisât pas Raoul.

Cécile avait recouvré toute son énergie. Dans la région, on murmurait que la « femme du bigame », deux ans seulement après la mort de son époux, avait jeté son dévolu sur un nouveau soupirant, sinon plusieurs, pour se venger des hommes en général et du défunt en particulier.

Un jour de février 1979 où elle croyait Cécile à Aurygnan, Valentine fut surprise de voir sa voiture garée devant la librairie d'Augustin. Quand elle entra, elle les trouva tous deux lancés dans une conversation animée qui cessa dès qu'ils l'aperçurent. Valentine ne put jamais en savoir plus ; Cécile prétendit s'être arrêtée là par hasard. Aucun des deux n'admit connaître l'autre.

Augustin adorait Valentine comme la fille qu'il aurait voulu avoir ; il lui rappelait souvent qu'il avait l'âge qu'aurait eu Antoine s'il avait vécu, c'est-à-dire soixante-sept ans. Il pestait contre Louise qui préférait dépenser son argent à Paris plutôt qu'en gagner avec lui.

C'est vers cette époque qu'il lui parla pour la première fois de la reliure : « Tu aimes les livres, mais pas les histoires qu'ils racontent. Parce que tu n'aimes pas le mensonge. N'est-ce pas ? Tu devrais essayer la reliure. Je suis sûr que cela t'amuserait. Qui sait ? Tu pourrais peut-être même en faire un métier, un jour. »

Sur l'instant, elle ne prêta guère attention à cette suggestion. Une autre nouvelle l'avait envahie : elle était enceinte. Raoul venait de rentrer d'un voyage en Iran où il était allé rencontrer les dirigeants de la révolution en marche. Ils le connaissaient depuis longtemps, ils avaient confiance en lui et voulaient lui confier la production d'un film sur les exactions du régime du shah. Un film dangereux, soutint-il, mais politiquement nécessaire.

Lorsqu'il apprit l'état de Valentine, Raoul sembla sincèrement heureux. Il s'occupa d'elle comme si elle était devenue une statue de cristal. Ils se marièrent au début de l'été 1979. Cécile et Louise furent les témoins de Valentine. Augustin et Eric Ledaim, ceux de Raoul. Il fit aménager somptueusement, dans la tour ouest de la maison Claudial, une chambre pour le bébé dont il avait décrété qu'il serait un garçon. Première dépense qu'il fit pour cette maison dans laquelle il vivait depuis plus de dix-huit mois sans avoir jamais proposé de participer aux frais ni même acheté un bouquet de fleurs.

Raoul força Valentine à passer son permis de conduire et, avec l'argent avancé par les Iraniens, lui offrit une petite voiture d'occasion qu'il lui subtilisa, une fois la chambre décorée, pour repartir à Paris.

Il était maintenant totalement investi dans la réalisation de ce mystérieux projet pour lequel il continuait de promener de pièce en pièce la même valise soigneusement cadenassée. Qu'elle se garde de lui en vouloir : il ne pouvait encore lui en révéler le sujet, mais elle serait stupéfaite quand il le ferait.

Ce serait non seulement un film politiquement nécessaire, mais aussi une grandiose superproduction que tout le monde avant lui avait rêvé de monter et qu'il avait été le premier à pouvoir écrire et à faire financer. Enfin presque, pas tout à fait encore, mais c'était l'affaire de quelques semaines, voire de quelques jours. Un film sublime, il le savait d'avance, qui serait l'honneur du cinéma français. Il sembla déçu qu'elle n'insistât pas pour en savoir plus long, puis irrité de penser qu'elle ne le prenait peut-être pas au sérieux. Comme pour se faire pardonner des mensonges antérieurs, il insista : ce n'était ni *Le Rivage des Syrtes* ni *La Femme du père*. Ces films-là se feraient aussi, mais plus tard, quand ce chef-d'œuvre aurait vu le jour. Un chef-d'œuvre absolu dont elle serait la première à tout savoir, mais dont, par superstition, il ne voulait rien lui dire avant que le financement en fût complètement bouclé.

Quand il était à Montverche, elle l'entendait seulement téléphoner, crier, jurer. Au fonctionnaire d'une chaîne de télévision, qu'il réveillait à deux heures du matin, il certifiait que le président était son meilleur ami, qu'il allait faire virer celui qui oserait s'opposer au financement de son film. Juste avant l'aube, il s'étonnait auprès du directeur de cabinet du ministre de la Culture qu'il ignorât que lui, Raoul Lentier, était un ami d'enfance d'un des plus proches conseillers du président de la République et que celui-ci tenait par-dessus tout à voir son projet aboutir ; parce que, laissait-il entendre à mi-mots, ce conseiller avait en sous-main des intérêts dans le montage du film et qu'il saurait évidemment se montrer reconnaissant envers ceux qui le rendraient possible. D'ailleurs, le Premier ministre lui-même lui avait dit la veille au soir, en dînant en tête à tête avec lui à Matignon pour avoir son avis sur la situation au Moyen-Orient, tout le bien qu'il pensait de son projet, et s'inquiétait de ne pas le voir s'achever avant les élections présidentielles.

Valentine souriait en écoutant ces délires. Elle n'imaginait pas une seconde que qui que ce fût pût les prendre au sérieux. Si elle était capable de les percer à jour, c'est qu'ils étaient faits pour l'être. Mais, après tout, peut-être n'était-elle pas la seule au monde à vouloir encore ajouter foi au merveilleux ?

3

Dès qu'elle se sut enceinte, Valentine se laissa envahir par la sollicitude d'Augustin. Elle retrouvait avec lui ce qui aurait pu être la tendresse d'un mari ou l'attention d'un père, et ne lui résista pas quand il la gronda d'attendre un enfant si jeune et lui interdit de déplacer la moindre pile, ne fût-ce que de quelques mètres, la reléguant dans la réserve où elle tenait à jour les registres.

Mais, comme il voyait bien qu'il ne pourrait la confiner longtemps dans cette tâche ingrate, il insista pour qu'elle profitât de son état pour se lancer dans la reliure. Un après-midi d'août 1979, alors que les clients étaient rares, il entreprit de lui expliquer les rudiments de ce métier dont il avait pourtant prétendu ne rien savoir. Déchirant des volumes dont rien ne justifiait qu'on les sauvât, il lui énuméra patiemment les divers composants d'une reliure : la couverture, le dos, les tranches, les colles, les papier-ficelles, les cahiers de fausse garde. Il lui nomma ensuite les instruments du relieur : le cousoir pour la couture des feuillets entre eux, la pierre à poncer pour assurer le poli du livre, le pinceau pour décorer les tranchefiles. Elle fut d'abord émerveillée par ces mots naufragés, rescapés du déluge de la désuétude, survivances d'un monde en voie de disparition. Puis il lui expliqua comment débrocher un volume, le transformer sans le ruiner en un ensemble d'éléments parfaitement distincts. Elle découvrit ainsi que des siècles d'expérience avaient appris aux hommes à agencer un amas de feuilles de papier en un objet complexe dont chacune des phases de fabrication constituait un défi à l'intelligence.

Augustin pouvait disserter des heures sur ce que le savoir-faire des relieurs dévoilait de la grandeur de la civilisation occidentale, sur la nécessité vitale de ne point passer à côté de ces obscurs artisans, plus précieux que tous les puissants qu'on voyait pérorer chaque soir à la télévision.

Mais, comme là s'arrêtait sa science et que Valentine, prise au jeu, aurait voulu vraiment apprendre, Augustin lui dégota dans les profondeurs de ses réserves un exemplaire à peu près intact d'un manuel d'avant guerre, *Apprendre la reliure*. Elle se précipita dessus, mais déchanta vite : ce n'était qu'une succession d'obscures explications techniques sans aucun croquis ni glossaire. Elle ne comprenait pas un mot sur dix. On eût dit un livre de recettes pour magicien ou un recueil de secrets techniques destiné jadis aux constructeurs de cathédrales. Elle s'obstina. Puis renonça. Cela ne ressemblait pourtant pas au vieux bouquiniste de se tromper dans le choix d'un livre. Elle se demanda s'il n'avait pas voulu la décourager. Mais dans quel but ? Il était le premier à lui avoir suggéré de s'y intéresser. Peut-être trouvait-il maintenant qu'elle s'y intéressait trop ? Elle voulut lui en parler, mais la naissance de son enfant approchait et elle décida de remettre la reliure à plus tard.

Sarah naquit le 10 octobre 1979 à la clinique du docteur Lucas. Raoul marchait de long en large dans le hall du rez-de-chaussée, interrogeant ceux qui passaient sur le choix du meilleur prénom pour son fils. Quand l'infirmière vint lui annoncer que sa fille était en aussi bonne forme que la mère, il monta embrasser Valentine et, le visage fermé, repartit pour Paris sans trouver le temps de prendre le nouveau-né dans ses bras : il venait d'être informé d'un problème urgent à régler pour son film mystérieux dont le tournage était désormais imminent. Un film dont il ne se donnait même plus la peine d'inventer le sujet.

Valentine passa presque seule les trois mois suivants. Raoul ne la rejoignait que rarement ; il ne restait jamais plus de quarante-huit heures et sa présence n'ajoutait pas grand-chose à son absence. Il ne quittait pas sa chambre, passant des heures au téléphone, se plaignant de ce que personne ne le reconnût à sa juste valeur. Dans ces moments-là, Valentine faisait tout pour lui donner à entendre qu'elle était là, qu'elle serait toujours là quand il aurait besoin d'elle, et tentait en vain de l'intéresser à sa fille.

Trois mois après la naissance de Sarah, Valentine réalisa que l'enfant ne saurait suffire à meubler ses jours. Elle l'adorait, ne négligeait aucun des soins qu'elle requérait, mais elle ne pouvait borner ainsi son univers. Elle confia sa fille à Rosalie, qui se préparait à devenir puéricultrice, et, sans en parler à Augustin ni à Raoul, partit pour Dijon y acheter des matériaux de reliure perfectionnés aux noms d'un autre âge. Le marchand, à qui elle n'avait osé avouer qu'elle était débutante, l'aida à empiler dans son coffre massicot, cousoir, scie à grecquer, étau et marteau à endosser, presse à rogner, pierre à parer. Il lui donna en prime deux manuels rédigés par les meilleurs maîtres français. Rentrée à Montverche, elle installa ses outils dans une pièce du second étage dont deux fenêtres ouvraient sur le fleuve. Elle y plaça le fauteuil de son père et s'attela à la tâche. Mais elle eut tôt fait de se décourager : ces traités étaient encore plus hermétiques que celui qu'Augustin lui avait confié. Et elle ne savait même pas par quel bout saisir les outils. Elle se sentit stupide. Comment avait-elle pu croire qu'il suffirait d'acheter des instruments pour savoir s'en servir ? De rien, jamais, elle ne serait capable.

*

Toute sa vie, elle a été spectatrice de ses passions. Que lui faudra-t-il pour se décider à les vivre ?

*

Raoul revint à Montverche à la veille de Noël, les bras chargés de chocolats, de champagne et de caviar. Il expliqua que 1980 serait son année de gloire et qu'au Premier de l'An 1981, il serait devenu riche et célèbre. Il aurait achevé le tournage du film dont il avait refusé jusqu'ici de rien dire. Il cracherait au visage de tous ceux qui, aujourd'hui, le méprisaient et dont il tenait un registre scrupuleux. Il passait d'un abattement complet, où il semblait avoir terriblement besoin de Valentine, à une excitation prétentieuse où elle n'avait plus sa place.

Au matin du 31 décembre, Raoul repartit pour Paris, appelé, marmonna-t-il, par les exigences de son prochain tournage.

Valentine passa cette soirée seule avec sa fille et Augustin dans la maison Claudial. Louise avait prétexté des partiels pour rester à Paris. Elle avait avoué à Valentine, en lui faisant jurer le plus grand secret à l'égard de son père, qu'elle s'était fait inviter à un réveillon où elle savait qu'Hugues Daurès devait aussi se rendre. Et là, il ne pourrait pas lui échapper, en dépit de la présence de sa femme. Il finirait la nuit ensemble. Elle se l'était juré. En fait, Augustin Vinterailh ne posa à Valentine aucune question sur Louise ; il suggéra seulement que sa fille aurait été aussi bien à Montverche qu'à Paris pour préparer ses examens.

Il lui demanda où elle en était avec la reliure. Valentine osa lui montrer ses achats et lui dire sa déception. Après s'être copieusement moqué de sa naïveté, Augustin sembla reconnaître que sa persévérance justifiait qu'il l'aidât un peu plus. Il connaissait, à Dijon justement, au 31 de l'impasse des Amblies, pas loin du magasin où elle s'était inutilement ruinée, quelqu'un de très bien, un authentique grand seigneur que les malheurs de la vie avaient conduit à devenir relieur. Un artiste dont on s'était disputé les créations dans le monde entier. Aujourd'hui très âgé, Jean Londery – tel était son nom – ne prenait plus de commandes, mais donnait quelques cours à des amateurs, et Augustin l'avait convaincu d'accepter Valentine comme élève. Elle devrait l'appeler, il était prévenu. Il lui tendit une feuille pliée en quatre où il avait soigneusement inscrit un numéro de téléphone et une adresse. Valentine lui en voulut de l'avoir laissée perdre autant de temps. Puis elle pensa qu'il devait y avoir à cela une raison sérieuse : Augustin n'était pas homme à rien laisser au hasard.

*

De fait, elle aurait gagné beaucoup de temps si elle avait vraiment cherché une réponse à cette question. Mais il y a tant de questions auxquelles chacun fait semblant de chercher des réponses en priant le Ciel de ne jamais les trouver.

*

Dès le lendemain, premier janvier 1980, elle composa le numéro de Jean Londery. Une voix fatiguée lui répondit. Oui, Augustin l'avait prévenu de son appel. Non, il n'était plus relieur. Il avait depuis longtemps fermé boutique, ses mains ne lui obéissant plus. Certes, en effet, pour égayer un peu sa retraite, il recevait quelques élèves : « pour l'essentiel, des femmes qui s'emmerdent et ne savent plus comment claquer leur argent ». Il en avait cinq en tout. Il ne tenait pas à en avoir davantage, mais comme il ne pouvait rien refuser à Augustin, il la prendrait en surnombre. Les cours avaient lieu les mardi, mercredi et jeudi de 14 à 18 heures. Rendez-vous fut pris pour le lendemain. De toute façon, grogna-t-il en raccrochant, « comme les autres bourgeoises dans votre genre, vous aurez vite fait de renoncer ». Elle sourit, prête à relever le défi. Raoul était à Paris ; elle ne put partager avec lui l'excitation qui l'animait. Le lendemain, elle confia Sarah à Rosalie et se rendit à Dijon.

En entrant dans la ville, elle eut du mal à trouver l'impasse des Amblies. Située juste derrière la gare, coincée entre des entrepôts, on pouvait passer mille fois devant sans la voir. Le numéro 31 était un minuscule pavillon aux ouvertures étroites. Elle sonna. Après une longue attente, un petit monsieur presque chauve, affublé d'une invraisemblable robe de chambre à fleurs et coiffé d'une sorte de coiffe blanche qui pouvait passer pour un bonnet de nuit, vint lui ouvrir. Il la dévisagea longuement. Ç'avait dû être un sportif. Ses épaules carrées, ses grosses mains juraient avec la nature délicate de son métier.

Sans un mot, il lui fit signe de le suivre dans un couloir obscur imprégné d'odeurs suffoquantes de colle et de cuir. Il la fit pénétrer dans une vaste pièce où cinq femmes étaient installées sur des tabourets malcommodes autour d'un haut établi. Elles l'accueillirent avec curiosité. Valentine remarqua immédiatement, trônant dans une vitrine cadenassée installée bien en évidence à côté de l'escalier menant à l'étage supérieur, et tranchant avec la médiocrité de l'ameublement, une dizaine de somptueuses reliures. Elle s'approcha : des *Poèmes* d'Éluard illustrés par Picasso, un *Théâtre* de Molière illustré par Masson, un *Gargantua* illustré par Dubout. Des mosaïques de cuir et des boîtiers peints. Il haussa les épaules et grogna. Elle crut entendre : « Quand vous saurez faire ça, je serai mort depuis mille ans. »

Il installa Valentine sur un des tabourets libres, marmonnant que c'était bien parce qu'il avait quelque reconnaissance envers Vinterailh, pour une très vieille affaire, qu'il avait accepté de prendre une nouvelle élève. Elle comprit vite que la hauteur des sièges était calculée pour lui offrir une vue imprenable sur l'anatomie de ses clientes.

Le vieux relieur tournait autour d'elles, délivrant ses conseils d'un ton rageur, comme s'il se demandait à chaque instant quelle déchéance avait pu le conduire là. Sur une table basse, du thé, des

111

gâteaux, des assiettes en carton, des verres en plastique que les élèves étaient priées d'apporter à tour de rôle. Il pestait contre la maladresse de ces bourgeoises attendant de lui qu'il fût capable de leur expliquer en quelques heures les subtilités d'un art qu'il avait mis vingt ans à maîtriser.

Dès ce premier cours, elle comprit que le vieil homme était non seulement un formidable relieur, mais aussi un extraordinaire pédagogue. D'un mot, d'un geste, il savait récupérer une maladresse, même si, parfois, profitant de la nécessité de guider une main inexperte, il se permettait des gestes très appuyés.

Elle trouva plutôt faciles les exercices sur lesquels peinaient les autres. Jean Londery parut surpris de la voir capable de placer du premier coup, sans se tromper, les ficelles dans les feuillets et l'ensemble dans le cousoir. Il sembla réaliser qu'il avait là, enfin, une élève d'exception. Au point de ne plus s'adresser bientôt aux autres que pour la donner en exemple.

Comme si toute sa vie l'y avait préparée, elle assimila sans peine la soixantaine d'opérations nécessaires à la reliure d'un livre. Toutes étaient pour elle une fête, du choix délicat des cuirs au travail de force sur la presse, de la calligraphie des endos à la dorure des tranches, de la fixation des ficelles à la marqueterie de la couverture. Sans qu'il eût besoin de le lui expliquer, elle devina que, dans ce travail, le temps était un allié et non un ennemi, que rien ne pouvait s'y faire dans l'urgence, même si certaines opérations devaient être exécutées en un éclair, sans hésiter, de façon quasi chirurgicale. Elle possédait le calme, la précision, la rigueur, le sérieux nécessaires. Elle montra d'emblée un sens extraordinairement aigu des matériaux, des couleurs, des outils. Comme si, chez elle, on n'avait fait que ça depuis vingt générations.

*

Comme si elle avait enfin trouvé une façon d'exprimer tout ce qu'elle avait à donner et dont personne, jusqu'ici, n'avait voulu.

*

Pendant que s'achevait l'hiver 1980, elle retourna presque tous les jours à Dijon, malgré les nuits sans sommeil dues aux pleurs incessants de sa fille. Elle n'avait aucun scrupule à confier Sarah à Rosalie. Ni jolie ni aimable, la jeune fille était une garde efficace que rien ne semblait pouvoir distraire de sa tâche, une fois qu'elle l'avait acceptée.

Un jour d'avril, Augustin Vinterailh, qui semblait tout connaître des progrès de son apprentissage sans qu'elle lui en parlât jamais, l'encouragea à installer chez elle un petit atelier. Lorsqu'elle demanda son avis à Jean Londery, il parut parfaitement au courant de cette idée, l'approuva et lui fournit une liste de ce qu'elle aurait encore à acheter. Il lui suffirait désormais de venir deux fois par semaine rue des Amblies. Il la recevrait seule, en dehors des heures de cours. Il lui apprendrait quelques-unes des techniques qui ne pouvaient servir qu'à un professionnel, en particulier comment réaliser les formidables marqueteries de cuir qui avaient fait sa célébrité et, qui sait, peut-être trouverait-elle des clients. Valentine pensa qu'elle n'y arriverait jamais, mais elle se laissa guider. Pas une seconde elle ne pensa qu'elle aurait jamais un seul client. Elle ne voyait pas qui pourrait jamais confier un livre à relier à une simple débutante. Cela ne la gênait pas. Elle ne cherchait pas à gagner de l'argent. Seulement, pour une fois, à aller au bout d'une passion, à bien accomplir une tâche qui ne dépendait que d'elle.

Elle n'avait pas à se préoccuper de gagner sa vie. L'héritage de sa mère et le loyer du restaurant lui assuraient des revenus réguliers. De plus, pour la première fois, Raoul rapportait un peu d'argent à Montverche. Non par ses films, qui ne se tournaient toujours pas, mais parce que la télévision le payait pour écrire les dialogues d'un feuilleton sur les médecins des urgences. Il les signait d'un pseudonyme − « pour ne pas abîmer mon image de créateur ». Valentine les lisait et trouvait qu'il y réussissait plutôt bien. Il avait un réel talent pour raconter des histoires, mettre en scène des situations, camper des personnages et affûter des répliques. Cela l'amusait sans lui prendre trop de temps.

Un samedi de juin, en fin d'après-midi, sur la troisième chaîne, Valentine et lui regardèrent ensemble le premier épisode ; Raoul se moqua de lui-même et de ce qu'il devait faire pour gagner sa vie. Valentine fut heureuse de voir enfin qu'un de ses projets avait pris corps. Elle suggéra que sa véritable vocation était peut-être scénariste, et non pas producteur. Il sortit du salon en claquant la porte.

C'est ce soir-là que Valentine commença à s'inquiéter vraiment pour Sarah. Jusque-là, personne n'avait vraiment remarqué que ses hurlements étaient plus fréquents, plus durables que ceux des autres nouveau-nés. Valentine en parla au docteur Lucas, qui la rassura. Ce ne pouvait être bien grave. Si Sarah ne supportait pas la nuit, c'est qu'elle devait redouter que le jour ne revienne jamais. Il ne fallait pas s'angoisser. Cela arrivait à beaucoup de jeunes enfants. Tout irait mieux.

Sarah comprendrait que la nuit n'était pas sans fin ; sa peur et ses pleurs disparaîtraient.

Mais les crises ne diminuèrent pas, au contraire. Non seulement Sarah continuait de hurler pendant des heures, mais, en plus, elle tremblait. Valentine se sentait transpercée par ces cris dont elle devinait qu'ils exprimaient une insondable douleur. L'enfant ne se taisait que lorsque son père la prenait dans leur lit. Au point que Valentine leur cédait régulièrement sa place pour se réfugier dans une autre chambre, celle que Raoul avait occupée à son arrivée à la maison Claudial.

Raoul et elle devenaient peu à peu des étrangers l'un pour l'autre. Elle ne s'en plaignait guère. Elle l'aimait et l'indifférence des corps ne la préoccupait pas outre mesure. Raoul lui reviendrait pour cela aussi. Elle savait bien ce qu'elle pouvait lui donner. Ce qu'elle seule pouvait lui donner.

Louise, même si elle ne venait plus que rarement à Montverche, restait la meilleure amie de Valentine. Elles se téléphonaient presque tous les jours. Quand elle apprit que Raoul et Valentine ne faisaient presque plus jamais l'amour, Louise se révolta et l'encouragea à le quitter. Depuis le premier soir de leur rencontre dans le restaurant minable de la rue de la Montagne-Sainte-Geneviève, elle détestait Raoul, et il le lui rendait bien. Valentine lui avait suggéré d'aller la voir quand il était à Paris ; il avait promis de l'appeler, mais ne l'avait jamais fait.

Pour Louise, la vie ne valait pas la peine d'être vécue si elle ne se nourrissait pas de passion. Et la passion, disait-elle, une fois endormie ne se réveille jamais. Il fallait donc tout tenter, au risque même du ridicule, pour la maintenir en éveil. Elle, d'ailleurs, mettait ses actes en accord avec ses conseils. Quand elle avait compris que son admiration pour son professeur d'histoire de l'art masquait un vrai coup de foudre, qu'il était – elle en était quasiment certaine – l'homme de sa vie, le tant attendu « H. de V. », elle avait tenté de résister, puis avait tout essayé pour le séduire : le harcelant de questions, le poursuivant dans les expositions, lui déclarant sa flamme dans les cafés, se faisant inviter dans des soirées où elle pouvait espérer le croiser. Il avait d'abord était flatté de voir cette très jolie fille s'intéresser à lui. Et il avait accepté de prendre un verre avec elle, de déjeuner, de la guider dans ses études, puis dans les musées. Il avait même choisi son futur sujet de mémoire : la peinture dans l'œuvre de Proust. Elle avait prétendu avoir déjà lu l'intégrale de *La Recherche*. Il lui avait demandé de trouver qui se cachait derrière Elstir, le peintre d'*À l'Ombre des jeunes filles en fleurs*. Elle fit d'abord semblant d'y trouver de l'intérêt, pour lui plaire, puis elle se prit au jeu et trouva le sujet passionnant.

Derrière le peintre de Balbec, le maître oublié de la *Recherche*, elle débusqua l'image de Manet, puis celle de Cézanne, bien d'autres encore. Et lui découvrit avec étonnement qu'elle était une étudiante brillante qui savait développer ses propres intuitions. Il pensa même que, lorsqu'elle aurait terminé son mémoire, il lui proposerait de l'aider dans la rédaction de son prochain livre. Mais, quand il comprit qu'elle était sincèrement éprise de lui, il repoussa ses avances : il avait vingt ans de plus qu'elle, deux grands enfants dont il suivait les études avec attention, une femme, conservatrice à la Bibliothèque de l'Arsenal, et dont il n'imaginait pas de se séparer.

Puis, un jour du printemps 1980 qu'elle l'avait suivi à Londres pour une rétrospective du Greco, il avait cédé. Ce fut pour lui comme un éblouissement qui devint vite une obsession. Depuis, ils ne se quittaient plus. Enfin, en tout cas, certains après-midi. Louise ne lui demandait rien d'autre, pour l'instant, que de vivre ainsi avec lui quelques moments de contrebande.

Valentine n'enviait pas Louise. Elle se sentait aimée de Raoul, malgré ses absences ; elle adorait Sarah ; cela suffisait à satisfaire ce que sa vie attendait et méritait au chapitre des sentiments. C'était mieux que les furtifs plaisirs dont Louise devait se contenter.

Quand les cris de Sarah se calmaient un peu, quand la reliure ne suffisait plus à fixer son attention et qu'elle se sentait soudain trop seule, Valentine traversait le département. Cécile l'accueillait toujours fort bien. Les deux femmes, auxquelles se joignait souvent Jean-Noël, évoquaient de plus en plus librement ce passé qui leur était commun. Mais si Valentine aimait à faire resurgir la figure de son père pour se souvenir de l'amour qu'il lui portait, Cécile ne cherchait qu'à déchiffrer, dans les récits de Valentine, ce qui pourrait l'aider à percer les énigmes de son défunt mari. Elle ne semblait ni aimer ni détester le disparu, seulement être animée par le désir intense, irrépressible, de tout connaître de lui. Un jour, elle avoua même à Valentine qu'il lui serait impossible de mourir avant d'avoir tout découvert. Mais que, dès l'instant où elle saurait tout, elle n'aurait plus de raison de vivre une heure de plus.

Un jour de cet été 1980, alors qu'elles déjeunaient à l'ombre des peupliers d'Aurygnan, Cécile annonça posément à Valentine qu'elle venait de confier à une agence de détectives, à Paris, le soin de se lancer sur les traces d'Étienne. Valentine aurait voulu s'insurger contre ce qu'elle considérait comme une intrusion dans sa propre vie privée, arguer qu'elle préférait ne rien savoir, que tout était très bien ainsi ; c'était même une chance inouïe que d'avoir eu un père né, d'une certaine façon, en même temps qu'elle. Mais elle ne dit rien de tout cela et ne put s'empêcher d'écouter les résultats des premières recherches.

Sans beaucoup de difficultés, les limiers avaient déjà découvert qu'un certain Étienne Rouche était né en 1913 à Danang, en Indochine, fils unique d'un modeste fonctionnaire des douanes coloniales. Après la mort de son père, noyé dans le naufrage d'un remorqueur sur le fleuve Tonkin, le garçon avait débarqué au Havre en 1929 avec sa mère qui avait rejoint là sa famille. Il était rentré comme commis aux écritures à la Banque maritime, propriété du port et de l'État. À dix-huit ans, il avait fait son service dans la marine. Il était donc vraiment monté sur des bateaux. Néanmoins, il n'avait pas dû ressentir l'appel du grand large, car il était revenu à la Banque maritime puis au Bureau des affaires maritimes, où il était resté jusqu'à la guerre modeste employé de bureau. Sa trace disparaissait juste après l'Armistice de 1940. Volatilisé ! Ni vivant ni mort. On ne le retrouvait nulle part. Il ne réapparaissait que près de vingt ans plus tard, en 1958, à quarante-cinq ans, sous le nom d'Antoine de Lérieux, et, en 1962, à Aurygnan sous celui d'Étienne Rouche. Pourquoi avait-il disparu à l'âge de vingt-huit ans ? Qu'avait-il eu à redouter ? Que cachait-il ? Pour quelle raison avait-il changé de nom si c'était pour reprendre le vrai quatre ans plus tard ?

En l'écoutant, Valentine finissait par partager la soif de vérité de Cécile. Même si, au fond d'elle-même, elle était certaine que cette quête ne conduirait qu'au malheur.

*

La vérité n'avait jamais été pour elle que l'annonce de catastrophes. Quand elle comprit qu'il ne pourrait jamais en être autrement, elle se mit à aimer sincèrement le mensonge.

*

Cet été-là, les Trois Horloges devinrent un endroit à la mode. La cuisine d'Éric Ledaim, inspirée des traditions locales mais proche de ce qui se faisait à Paris chez les plus grands chefs, était maintenant décorée d'une étoile et attirait non seulement les Parisiens en vacances, mais tous les riches touristes venus d'Europe du Nord qui passaient dans la région en descendant en voiture vers l'Ardèche, le Lubéron ou la Côte. Avec l'auberge de La Courroye et deux ou trois autres tables de qualité, le jeune chef faisait plus pour la réputation de la ville que la cathédrale et le palais ducal réunis.

Un dimanche d'août, alors qu'elle travaillait à des exercices compliqués de couture des feuillets que lui avait imposés Jean Londery, Valentine eut la surprise de voir débarquer Raoul. Il n'avait pas annoncé son retour, ayant prévenu qu'il serait retenu tout le mois à Paris pour la préparation de ce film à grand spectacle auquel il travaillait depuis maintenant près de trois ans et dont il refusait toujours de parler. Elle n'avait jamais cru qu'il y avait là quoi que ce fût de vrai, mais elle n'avait pas non plus cherché à le prendre en flagrant délit de mensonge. Elle pensait qu'il concoctait bien quelque chose, mais que, naturellement, une fois de plus, cela échouerait. Et elle ne voulait pas être celle qui l'aurait sorti de son rêve.

Raoul parut désorienté que Valentine ne le questionnât pas sur le motif de son retour inopiné. Comme s'il avait préparé dix excuses savantes et était déçu de ne pas avoir à les lui servir. Puis il sembla irrité qu'elle ne lui demandât pas où en était son film. Pour une fois, il semblait disposé à en parler. Il en parla donc.

Le tournage était imminent et il pouvait à présent lui en révéler le sujet. C'était même pour cela qu'il avait fait le voyage. S'il n'avait pas voulu lui révéler quoi que ce fût avant, c'était par superstition. Et sa discrétion lui avait porté chance. Le financement du film était à présent bouclé. On tournait à partir du mercredi suivant. Maintenant que tout était assuré, il tenait à ce qu'elle sût tout de sa propre bouche.

Pendant que Raoul parlait, Valentine n'avait pas cessé de manipuler ses instruments. Il s'en fâcha un peu ; elle lui expliqua qu'on ne lâchait pas un cousoir au milieu de la mise en place des grecques. Il continua.

Son film raconterait la vie d'un grand seigneur de France, le comte d'Albret, et sa mort à la bataille d'Azincourt, le 25 octobre 1415. Ce ne serait pas seulement un grand film historique, une superproduction comme on n'en avait encore jamais réalisé en France, mais aussi une magnifique histoire d'amour.

Naturellement, elle ne savait rien de cette bataille qui, d'après lui, avait décidé du sort de la France pour les siècles à venir, et il consentit à tout lui en raconter après avoir allumé un cigare, signe chez lui du plus parfait contentement de soi.

Le film commencerait en août 1415, avec l'arrivée à Harfleur d'Henry V d'Angleterre, prétendant au trône de France, à la tête d'une petite flotte transportant six mille hommes de guerre, presque tous des archers légèrement équipés. Dès qu'il mit pied sur le sol de France, le roi anglais se trouva nez à nez, près de Calais, avec les vingt-cinq mille hommes lourdement armés du roi de France, dirigés par le connétable d'Albret, assisté par Charles d'Orléans et accompagné d'une jeune comtesse britannique qui avait quitté son pays par amour pour lui. Craignant la déroute devant l'inégalité des forces, le roi anglais proposa une trêve aux Français, mais d'Albret, sûr de sa supériorité, refusa, malgré les supplications de sa jeune compagne et de Charles d'Orléans. D'Albret était convaincu d'écraser l'Anglais, de venger des siècles d'humiliation et d'en finir à jamais avec la menace étrangère. La bataille s'engagea à Azincourt, petit village près de Calais. L'affrontement tourna vite à la catastrophe pour les Français. La cavalerie s'embourba, Armagnacs et Bourguignons se disputèrent. Les Anglais, mobiles et efficaces, maniant haches, vouges et épées, passèrent au milieu des lignes françaises, massacrant cinq mille pauvres diables qui avaient eu le tort de s'engager dans l'armée française, et tuant le duc d'Albret qui bataillait férocement en première ligne. La débâcle fut totale. Charles d'Orléans fut fait prisonnier et le resta vingt-cinq ans. Les Anglais ne perdirent que deux cents hommes, dont le duc d'York et le comte de Suffolk.

Raoul était intarissable. Azincourt n'était pas une bataille comme les autres, elle signait en effet la fin de la féodalité. Après cette défaite, la France avait failli devenir colonie anglaise par le traité de Troyes, et il avait fallu la réaction salvatrice de la bourgeoisie pour empêcher le pire. Depuis, la noblesse française n'était plus libre de ses mouvements ; la France moderne était née.

Valentine l'écouta d'abord distraitement tout en continuant à s'activer sur le cousoir. Elle avait si souvent entendu Raoul raconter des projets illusoires qu'elle n'y prêtait plus attention. Puis, elle s'interrompit pour le regarder, vaguement étonnée de l'étendue de ses connaissances. Pour une fois, il avait nourri son mensonge d'un réel travail. Cela ne lui ressemblait pas. Il expliqua avoir eu l'idée du film en passant un jour par Harfleur. Elle ne lui demanda pas quand, ni avec qui.

Ce dont il était le plus fier, c'était la façon dont il avait monté son projet. Il n'avait pas manqué d'habileté, expliqua-t-il en allumant un cigare. Après avoir rédigé un premier scénario à Montverche − se souvenait-elle quand il ne voulait pas qu'elle le dérangeât, la première fois qu'il était venu ? −, il l'avait fait relire par un journaliste très en vue à Paris, directeur d'un nouveau quotidien de gauche, qui se piquait de publier des essais définitifs sur l'avenir du monde mais où, en réalité, il n'était principalement question que de lui-même. Raoul avait appris que ce pilier de dîners en ville ne rêvait que de cinéma, pour lequel il se croyait des dons inemployés. Raoul l'avait alors royalement payé pour ajouter quelques réparties à ses propres dialogues. Après avoir abandonné au journaliste la paternité totale du scénario, Raoul avait obtenu en contrepartie que son journal se mobilisât en faveur du projet.

Cela avait commencé par un portrait élogieux de Raoul Lentier, producteur exigeant, et de ses magnifiques projets en instance. Il y avait eu ensuite un grand article en première page sur la bataille d'Azincourt : on avait opportunément redécouvert que son anniversaire, le 25 octobre, aurait dû être depuis longtemps considéré comme l'événement fondateur de la Nation, de la République, et même de la nouvelle gauche lorsque celle-ci serait enfin débarrassée de ces opportunistes qui prétendaient la réunir pour le seul bénéfice de leurs ambitions.

Dans les semaines qui suivirent, pas un numéro du journal sans qu'un des chroniqueurs ne fît allusion à la bataille à propos de tout et de rien : l'arrivée de Mrs Thatcher au pouvoir, la réforme du service militaire, la venue à Paris d'une troupe de théâtre londonienne, la défaite de la France devant le pack gallois à Twickenham, une recette de pudding, une définition de mots croisés, une dispute entre socialistes et communistes, la mort de Jean-Paul Sartre, le tremblement de terre en

Algérie, la guerre Iran-Irak et jusqu'à la traversée de l'Atlantique à la rame.

Puis vint un long article signé d'un cinéaste un peu oublié qui avait eu son heure de gloire, dénonçant les menaces mortelles planant sur le cinéma français en prenant pour exemple la difficulté qu'il avait à trouver le financement d'un film exigeant dont le génial scénario se trouvait être l'œuvre du directeur du journal. Le même jour, ledit journal annonçait que son cher directeur se trouvait à Washington pour une rencontre avec Jimmy Carter, laquelle se traduirait un peu plus tard par la publication en page trois d'un résumé de la magistrale leçon de politique étrangère qu'il avait dispensée au président américain. Peu à peu, il devint de bon ton, pour certains intellectuels de gauche, d'insister sur l'importance, l'urgence même de faire un tel film sur une bataille qui avait décidé du cours de l'Histoire de France et qu'on avait jusque-là occultée parce qu'elle n'était pas à la gloire de l'aristocratie. On parla beaucoup, dans les salons, de la réunion à venir de la commission d'avance sur recettes – où siégeait d'ailleurs, cette année-là, le chroniqueur de cinéma du quotidien en question.

Mais, continua Raoul, là n'était pas son principal succès. Pour ne pas laisser à la gauche intellectuelle le monopole de la défense des grands sujets français, il avait obtenu que des journaux de l'autre

127

bord amplifient la campagne. Le président de la République en personne, un libéral moderniste comme Raoul les aimait, toujours soucieux de récupérer toute idée que la gauche pouvait laisser traîner, avait été sensible aux appels que Raoul avait su lui transmettre par l'un de ses conseillers. Pour finir, il avait pu obtenir sans difficulté excessive que les chaînes de télévision publiques apportent un complément à l'avance sur recettes qui, naturellement, lui avait été généreusement accordée. Le reste du financement était venu d'un pétrolier exotique qui ne lui imposait rien d'autre que d'assister au tournage. Le ministre de la Défense allait signer la mise à disposition de deux régiments. Le tournage pouvait commencer.

En écoutant le début de son récit, Valentine avait failli lui dire qu'elle ne le croyait pas. Comme *Le Rivage des Syrtes* et *La Femme du père*, ce film était encore un leurre. Elle se demanda comment elle avait pu si longtemps le laisser dérouler ses vantardises. C'était comme si le fait de travailler pour elle-même lui donnait à présent un courage qu'elle n'avait jamais eu auparavant. Mais Raoul semblait si heureux qu'elle ne voulut pas gâcher son plaisir. De plus, elle s'inquiéta pour lui. Pour la première fois, il affirmait que l'un de ses films imaginaires était à la veille du tournage. Désormais, les mensonges devaient être comme de la drogue. Il lui fallait aller toujours plus loin. Elle se demanda comment il lui expliquerait, dans quelques mois, que ce film n'existait pas. Elle le plaignit parce qu'elle l'aimait, redoutant le moment où il devrait s'avouer à lui-même que tout cela n'était qu'une illusion de plus.

Alors, pour ne pas avoir à lui reprocher plus tard son accumulation de mensonges, elle fit comme si elle ne l'écoutait pas.

La devinant lointaine, il insista : dans un mois, au début de l'automne, il l'emmènerait sur les lieux du tournage. Les costumes et les décors étaient en train d'être acheminés depuis Londres. Les repérages avaient été très difficiles. On avait failli tourner en Irlande, puis on avait trouvé des paysages magnifiques en Artois. Elle sourit et le félicita.

Dès le lendemain, Raoul repartit pour Paris afin de mettre la dernière main aux préparatifs du film. Il logerait, prétendait-il, au Royal Monceau où il avait des prix. Valentine renonça vite à tenter de l'y joindre. Raoul inventait dix bonnes raisons pour expliquer pourquoi il n'était jamais là quand elle l'appelait, Sarah refusant de s'endormir sans avoir entendu la voix de son père.

La reliure occupait de plus en plus ses jours. Le travail solitaire, l'obligation de ne penser à rien, la précision des gestes, la matérialité du projet, le danger de voir la moindre hésitation engendrer l'irréversible, tout cela étayait une vie qui, autrement, elle le savait, eût fini par basculer dans le vertige de la douleur. Parfois, elle s'inquiétait de constater qu'elle passait plus de temps avec ses outils qu'auprès de sa fille. Elle ne négligeait pourtant aucun des soins que l'état de la fillette exigeait, mais elle reconnaissait qu'un livre à relier était comme un enfant sans problèmes, docile, sans cesse disponible, qui ne se réveille pas la nuit, ne crie pas, tout en dépendant entièrement d'elle qui pouvait, d'un geste, gâcher son avenir.

Valentine passa l'essentiel de la fin de la belle saison avec Louise, venue aider son père à la librairie où défilaient les estivants. La jeune étudiante avait réussi brillamment ses examens mais avait été cruellement déçue quand son professeur lui avait annoncé qu'il partait en vacances avec femme et enfants, après lui avoir laissé espérer qu'il l'emmènerait en Espagne sur les traces du Titien. Louise s'était d'abord mise à détester tous les hommes, puis elle avait pris un autre amant, et elle avait pleuré jusqu'à ce qu'elle reçût un appel de Hugues qui, depuis Carnac, lui avait juré ne penser qu'à elle, lui promettant de l'emmener à Venise en septembre. Louise attendit, confiante. À la fin d'août, elle reçut un nouvel appel lui confirmant qu'un billet d'avion l'attendait à Paris. Elle s'y précipita.

*

Décidément, le bonheur aime à se refléter dans le mensonge. Quiconque exige la vérité sans détour est condamné à errer dans le désert.

*

Pendant ce temps, les détectives dont Cécile avait loué les services progressaient dans leur enquête : Étienne Rouche s'était engagé en 1941 comme auxiliaire dans l'administration de la marine sous contrôle de l'ennemi. Il y avait exercé des fonctions importantes jusqu'en 1943, date à laquelle il avait déserté. Les enquêteurs pensaient qu'il était passé à la Résistance, mais on n'en trouvait aucune trace. Ils étaient sur une piste, mais il faudrait des mois, des années peut-être, et « beaucoup d'argent », ajoutaient-ils, pour progresser. Cécile passait d'ailleurs de plus en plus de temps à Paris, participant elle-même aux recherches, délaissant souvent ses enfants et l'exploitation.

Cet automne-là, Raoul ne vint à Montverche que quelques dimanches, occupé qu'il était, expliquait-il, à surveiller le tournage d'Azincourt. Quand il était là, il jetait des regards distraits sur sa fille qui ne le lâchait pas sans hurler, puis s'enfermait dans le salon d'où il téléphonait des heures durant à Paris, trépignant, réclamant à des interlocuteurs visiblement rétifs un argent dont semblait manquer chaque jour plus cruellement Globefilms, sa propre maison de production mise en marche pour ce projet. Quand il ne se plaignait pas des distributeurs incompétents, du réalisateur éthylique, des décors dont les devis avaient explosé, ou des scènes de bataille qu'il avait fallu refaire parce que la pluie n'était pas au rendez-vous, il racontait les bonheurs du tournage, la magie des éclairages, la force des émotions, la beauté de l'interprète principale. Il se prenait à calculer ce que lui rapporterait un succès qui, bien sûr, serait au rendez-vous. Il n'avait pas encore choisi le titre et disserta des heures sur les mérites respectifs d'*Azincourt*, *La Première Guerre*, *Naissance de l'Europe*, *France-Angleterre*, entre cinquante autres.

Valentine s'inquiétait de voir cette illusion l'obséder plus que tous ses rêves précédents. Elle savait bien que le projet n'avait pas plus de consistance que les autres, mais elle appréhendait de plus en plus le moment où il lui faudrait le reconnaître. Il s'avançait trop. Elle faisait tout pour le lancer sur d'autres sujets de conversation, mais rien d'autre ne l'intéressait. Même sa fille n'était pour lui qu'une obligation encombrante.

Au début de l'automne, Sarah venait d'avoir un an, Valentine se convainquit que les tremblements de sa fille n'étaient peut-être pas dénués de gravité. Quand tombait la nuit, celle-ci était de plus en plus agitée. Sa tête d'abord dodelinait, puis son bras gauche se tordait, suivi par tout son corps. Le docteur Lucas s'inquiéta modérément. Il conseilla à Valentine, si elle voulait être tout à fait rassurée, d'aller consulter un spécialiste à Dijon. Elle s'y précipita, mais le professeur, après un long examen, se déclara impuissant et ne trouva rien de mieux à lui recommander que des calmants. Valentine ne les acheta pas.

C'est alors qu'elle décida de faire de la reliure un métier. Non pour en vivre – cela lui rapporterait toujours beaucoup moins que la location du restaurant –, mais pour faire quelque chose de sa vie, créer, ne pas penser seulement aux mensonges de Raoul et aux convulsions de Sarah.

Elle ne s'imaginait pas devenir un de ces grands relieurs qui, à Paris ou à Londres, transforment tout volume qu'on leur confie en œuvre d'art, elle n'avait pas cette prétention, mais elle se sentait à présent capable de produire chaque mois trois, quatre, voire cinq reliures honnêtes, et de faire aimer les beaux livres aux notables de la région. Jean Londery avait promis de continuer à la guider, de l'assister dans ses premières commandes. Elle récapitula ceux qui s'étaient engagés à figurer parmi ses premiers clients : M⁰ Lavelloux-Graël, le docteur Lucas, Éric Ledaim ; elle comptait aussi sur ceux qu'Augustin Vinterailh avait promis de lui adresser : il conseillerait aux plus fortunés de ses habitués de lui confier quelques-uns de leurs volumes.

Quand, toute fière, elle avait fait part de sa décision à Raoul, il avait trouvé l'idée tout à fait stupide. Qu'elle reliât pour elle-même, pour façonner un chef-d'œuvre, soit. Mais pourquoi flatter l'ego de petits bourgeois de province qui ne pensaient qu'à décorer les murs de leur salon avec des livres qu'ils n'ouvriraient jamais ? De toute façon, le succès d'Azincourt le rendrait bientôt milliardaire, et elle n'aurait même plus le temps de dépenser tout l'argent qu'il allait gagner.

Jean Londery aida Valentine à s'installer. Il lui prêta des outils dont il n'avait plus besoin. Il semblait retrouver une certaine envie de relier, elle crut même qu'il allait lui proposer de s'installer chez elle pour y travailler à ses côtés, mais il ne le fit pas. Presque toutes les semaines, le vieil homme venait inspecter le travail de Valentine. Elle le regardait examiner ses ébauches dans un silence glacé. Elle savait qu'il allait éructer, énumérant la liste de ses erreurs criminelles. Mais qu'avant de partir, quand il la devinerait désespérée, il ne manquerait pas de marmonner quelque chose qui pourrait passer pour un compliment.

Lorsqu'elle se sentit prête, sans attendre son premier client, elle décida de relier d'abord une édition courante du *Rivage des Syrtes*. Elle l'acheva en deux mois, en se cachant de Raoul. Un soir d'octobre, elle montra à Jean Londery la couverture de marqueterie en cuir gris et blanc, particulièrement simple, qu'elle venait d'achever. Il l'examina longuement et murmura qu'un jour, on ne pourrait plus distinguer le travail de Valentine du sien. Oui, vraiment, relier comme cela, à l'âge de vingt ans, il ne pensait pas que quiconque en serait capable. Elle avait souri de son indulgence.

Elle décida d'offrir ce livre à son mari pour son trente-septième anniversaire – le 10 octobre 1980. Mais, ce jour-là, elle n'avait pas tout à fait fini, et, de toute façon, Raoul était encore absent, prétextant une fois de plus les exigences du tournage d'Azincourt.

Quand il rentra, le premier dimanche de décembre, annonçant que le tournage était terminé, elle lui remit le volume dans un boîtier de carton recouvert de soie. Il l'ouvrit, le regarda à peine, le reposa puis bougonna que ce roman était en fin de compte exécrable et que jamais personne n'irait voir un film qui s'en inspirerait.

Elle s'en voulut. Pourquoi l'avait-elle provoqué en lui rappelant ainsi le premier projet de film dont il lui eût jamais parlé ? Un projet... mais l'avait-il vraiment jamais eu ?

Le premier mensonge de Raoul que Valentine prit au sérieux survint le soir de Noël de cette année-là. Après avoir reçu un coup de téléphone bref et chuchoté, il annonça qu'il venait d'apprendre le décès de sa mère dans un hôpital psychiatrique brestois. Elle compatit. Elle ne lui rappela pas que, juste avant leur mariage, il lui avait décrit avec émotion la mort de sa mère, juste après sa naissance, dans un accident d'avion. Voilà donc que celle-ci avait de nouveau succombé quelque quarante ans plus tard. Valentine ne comprenait pas pourquoi Raoul avait éprouvé le désir de la ressusciter juste à temps pour la faire mourir à nouveau. Il devait être à court d'imagination. Ou trop troublé par une vérité si impossible à formuler que, pour la première fois, il attachait plus d'importance à la raison qui le poussait à mentir qu'au mensonge lui-même.

Cette nuit-là, Raoul partit pour Brest, refusant qu'elle l'accompagnât, fût-ce jusqu'à la gare. Il

revint dix jours plus tard sans avoir donné de nouvelles et s'installa dans un mutisme buté, lâchant
seulement que sa mère n'avait laissé comme seul
bien qu'une petite valise remplie de coupures de
presse sur les productions de son fils. Et une lettre
destinée à Raoul, à n'ouvrir – avait-elle dit à
l'infirmière avant d'agoniser – que lorsqu'il aurait
réalisé son idéal.

Elle eut le vague souvenir d'avoir déjà lu ce détail
quelque part, peut-être dans un roman ou quelque
magazine féminin. Elle n'en laissa rien paraître. À
l'idée qu'elle pouvait le croire, le visage de Raoul
s'éclaira ; il l'embrassa. Elle comprit que, pour se
faire aimer de lui, il lui suffisait de le laisser penser
qu'il était le plus sincère, le meilleur des menteurs.

4

« Ma mère, quand il fut question d'avoir pour la première fois M. de Norpois à dîner, ayant exprimé le regret que le professeur Cottard fût en voyage et qu'elle-même eût entièrement cessé de fréquenter Swann, car l'un et l'autre eussent sans doute intéressé l'ancien ambassadeur, mon père répondit qu'un convive éminent, un savant illustre comme Cottard ne pouvait jamais mal faire dans un dîner, mais que Swann, avec son ostentation, avec sa manière de crier sur les toits ses moindres relations, était un vulgaire esbrouffeur que le marquis de Norpois eût sans doute trouvé, selon son expression, "puant". »

Ainsi commence *À l'Ombre des jeunes filles en fleurs* dont Valentine reçoit, ce 6 juin 1989, un exemplaire de l'édition originale, un des cinquante achevés d'imprimer le 30 novembre 1918 pour le compte de la Nouvelle Revue française, numéroté sur grand papier, accompagné de la commande de la plus précieuse reliure qu'on lui ait jamais confiée.

Le livre est arrivé par la poste, soigneusement enveloppé dans une boîte à cigares garnie de coton, accompagné d'une très grosse somme en billets de cinq cents francs et d'une courte lettre, tapée à la machine, accompagnée d'une signature illisible griffonnée à l'encre verte. On exige une somptueuse reliure pour offrir l'ouvrage à l'occasion d'un anniversaire. On lui laisse quartier libre. Si la somme ne suffit pas, on paiera ce qu'elle demandera à la livraison. Le commanditaire viendra lui-même reprendre le volume le 14 juillet prochain, à six heures du soir. On espère ne pas déranger ses plans de vacances, mais il y a là quelque urgence dont on la prie de tenir compte.

Le colis a été posté rue du Louvre, à Paris. Un paquet ordinaire.

Stupéfiant : quelqu'un a pris le risque d'expédier par la poste un objet aussi précieux, sans la moindre précaution, comme un vulgaire catalogue de vente par correspondance, même pas en recommandé.

Elle se perd en conjectures. Qui est ce mystérieux commanditaire, assez extravagant pour prendre un tel risque ? Comment a-t-il entendu parler de son travail ? Pourquoi lui fait-il ainsi toute confiance ? Et pourquoi a-t-il choisi de ne point se faire connaître, tout en annonçant qu'il viendrait en personne prendre livraison de sa commande ? Et pourquoi cette date, le jour même du bicentenaire de la Révolution française ?

Elle envisage toutes les hypothèses : Raoul lui a dit, au tout début de leur rencontre, aimer ce roman par-dessus tout et vouloir en faire un film. Est-ce de leur propre anniversaire qu'il s'agit ? Louise n'a pas renoncé à terminer sa thèse, même si elle l'a délaissée depuis que ses relations avec son professeur ont pris un tout autre tour. Et Augustin, il y a dix ans, cherchait désespérément une édition originale sur grand papier de ce livre pour l'un de ses clients ; mais lui ne saurait être soupçonné : il est mort il y a peu. Et elle ne voit pas qui, parmi les médecins et les fonctionnaires qui fournissent l'essentiel de sa pratique, peut avoir jamais tenu entre ses mains une pièce aussi rare. Et encore moins qui peut avoir été assez fou pour la confier à la poste à l'intention d'une relieuse débutante.

L'année précédente encore, elle aurait refusé une telle commande, de peur d'en être indigne. Mais, aujourd'hui, elle se sait capable de l'honorer. C'est un peu comme si elle avait toujours attendu cet envoi, comme si elle n'avait appris le métier que pour se préparer à relever ce défi. D'une certaine façon, ce livre sera son chef-d'œuvre. L'idée la traverse même un instant qu'il sera son dernier travail, puis elle s'en veut de l'avoir pensé.

Depuis une semaine que Valentine l'a reçu, elle a passé ses nuits à lire et relire le roman. Il résonne profondément en elle, sans qu'elle puisse dire pourquoi. Peut-être parce qu'il se déroule comme la quête nostalgique d'un bonheur évanoui, et qui n'existait, pour Marcel comme pour elle, que dans l'illusion du souvenir ?

Elle sait très exactement ce qu'elle va en faire. Elle a planifié les étapes qu'elle aura à franchir pour que le livre soit prêt à l'heure. Elle l'a lu et relu et y a puisé toute l'inspiration nécessaire pour le choix des matériaux et des couleurs. Six semaines. Pas une minute à perdre, mais rien d'impossible.

Valentine est seule, une fois de plus. Raoul est à Genève sans lui avoir laissé d'adresse où le joindre. Il travaille à la production d'un nouveau film. Plus que jamais il ment, et d'abord à lui-même. Sa folie mensongère a dépassé en démesure tout ce qu'elle aurait pu craindre. Elle l'attend encore, même si elle le sait perdu pour lui, plus encore que pour elle.

Ses outils disposés sur la table, elle n'arrive pas à commencer. Quand elle se sera lancée, elle ne pourra plus faire machine arrière, remettre le livre dans son état initial. Il lui faudra aller de l'avant et en finir. Elle le feuillette à nouveau, cherchant à y puiser le courage de commencer à le débrocher.

Page après page, elle cherche les déchirures. Il y en a trois en tout et pour tout, de minuscules égratignures.

La première page abîmée, la plus touchée, débute ainsi :

« Ils ont mis cinquante ans à faire naître, à grossir le public des quatuors de Beethoven, réalisant ainsi, comme tous les chefs-d'œuvre, non un progrès dans la valeur des artistes, du moins dans la société des esprits, largement composée aujourd'hui de ce qui était introuvable quand le chef-d'œuvre parut, c'est-à-dire d'être capables de l'aimer. »

D'être capables d'aimer... Elle sourit : tout ce que n'était pas Frédéric, le premier avec qui elle avait entendu ces quatuors de Beethoven, un soir de février 1981.

Plus de huit ans, depuis cette nuit-là. Et elle y pense encore avec une intensité intacte. La musique, les silences, sa voix... Qu'y avait-il eu d'autre de vrai dans sa vie, depuis lors ? Frédéric, le seul à ne lui avoir jamais menti.

*

*   *

Il travaillait à *France-Soir*, à la rubrique des faits divers quand il était venu à Montverche, au début de février 1981, pour rendre compte d'un procès d'assises qui passionnait alors la France entière, un crime resté dans les annales comme l'« énigme de Montverche ».

Me Jean-René Lavelloux-Graël, le plus célèbre notaire de la région, celui-là même qui avait ouvert le testament d'Antoine, était accusé d'avoir tué sa femme, leurs deux jeunes enfants, sa belle-mère, son associé et le fils de celui-ci, parce qu'il ne supportait pas la perspective d'avoir à divorcer. Selon l'acte d'accusation, Geneviève Lavelloux-Graël, fille unique de Léon Lefareux, propriétaire d'une des plus belles usines de céramique du pays, venait de découvrir que son mari, avec qui elle était mariée depuis vingt-deux ans, notaire respecté, entretenait une liaison avec un très jeune homme, Philippe Duval, le fils de son associé dans l'étude. Une altercation s'en était suivie ; le notaire, pris de panique par les menaces de divorce et de scandale proférées par sa belle-mère et sa femme, les avaient tuées toutes deux avec son fusil de chasse. Il avait ensuite tiré sur ses deux petites filles endormies dans leur chambre au premier étage. Cinq minutes plus tard, il avait fait irruption chez son associé, qui habitait la maison voisine, en fracassant une baie vitrée, et avait abattu Philippe Duval et son père à coups de fusil, les achevant, à court de munitions, à l'aide d'un chandelier. Juste avant d'être tué, Me Duval, terrorisé, avait téléphoné à la police pour prévenir de l'« arrivée imminente du criminel chez lui ».

Quelques dizaines de minutes après ces meurtres, le notaire avait à son tour appelé les gendarmes, d'une voix misérable, pour annoncer qu'il venait de découvrir, en rentrant de son étude où il était resté travailler tard, les cadavres des membres de sa famille.

Après dix heures de garde à vue, il avait avoué les six assassinats, pleuré et demandé pardon. Mais dès que son avocat – Me Joseph Bardon, un ami de la famille de sa femme – était arrivé, le notaire s'était rétracté et avait nié farouchement. Rien n'avait plus pu l'en faire démordre, ni devant les gendarmes, ni devant le juge d'instruction. Il n'y était pour rien, il n'avait rien vu, rien entendu, il n'était pas là.

Rapidement bouclée par la gendarmerie, l'enquête avait pourtant accumulé des charges accablantes contre lui : s'il n'y avait effectivement aucun témoin, aucune empreinte, aucune preuve matérielle des meurtres, le notaire ne disposait d'aucun alibi. Personne ne pouvait attester de son travail tardif à l'étude et on trouva mention dans son agenda d'un rendez-vous à l'heure fatale, à son domicile, avec son associé pour examiner les comptes d'une succession difficile. De plus, l'arme des crimes était du même modèle qu'un fusil qu'on lui connaissait, mystérieusement disparu après le massacre en même temps qu'un de ses costumes, une paire de chaussettes et des chaussures de sport. En accord avec le juge d'instruction, la gendarmerie avait rapidement clos ses investigations.

Certains témoins avaient bien évoqué le passage dans le voisinage, le soir des meurtres, d'un inconnu dont ils avaient fourni un signalement vague, mais rien ne permettait de relier la présence de cet homme, s'il existait vraiment, avec les faits. Après tout, le quartier était assez fréquenté pour que l'on ne considérât pas nécessairement tout passant comme un dangereux rôdeur.

Surtout, il y avait Alfonso. Ce jeune étudiant bolivien, familier des boîtes spécialisées parisiennes et nouveau béguin de Philippe Duval, n'avait pas fait la moindre difficulté pour reconnaître que le notaire était venu le voir à Paris et lui avait proposé de le couvrir de dollars s'il voulait bien quitter Philippe et vider les lieux. Le jeune homme avait refusé et en avait prévenu Philippe, lequel avait fait une scène au notaire, lui annonçant qu'il ne voulait plus le voir et qu'il allait tout raconter à sa femme.

Le procès avait été fixé au début de février. Léon Lefareux, le père de Mme Lavelloux-Graël, avait obtenu que Me Bardon se désistât pour devenir l'avocat de la partie civile ; et, malgré le retentissement considérable de l'affaire, dont se repaissaient les journaux à scandales, le notaire n'avait pu trouver pour le défendre que deux avocats lyonnais sans réputation. Léon Lefareux jurait à tous les journalistes qui voulaient bien l'entendre que si le « monstre » n'était pas condamné à mort et exécuté promptement, il traverserait lui-même toutes les murailles de toutes les prisons pour lui trancher la tête.

Quand Frédéric était arrivé, avec tous les autres chroniqueurs judiciaires, pour l'ouverture du procès, nul ne donnait au notaire la moindre chance d'échapper à la guillotine. Hormis peut-être une fort improbable grâce présidentielle dans le cas, plus improbable encore, où François Mitterrand, élu à l'Élysée au mois de mai suivant, souhaiterait anticiper sur une hypothétique abolition de la peine capitale. « La réélection de Giscard fera au moins un mort », avait titré *Charlie-Hebdo*.

Un célèbre éditorialiste du *Figaro* avait conclu un article argumenté sur le châtiment suprême par une allusion à l'affaire : « Faudra-t-il épargner de tels monstres ? » Les observateurs politiques les plus avertis prédisaient que si la droite savait mettre l'accent sur le caractère ignoble de ces crimes et la nécessité d'un verdict implacable, ce procès pourrait même influer sur l'issue de l'élection présidentielle.

Avant que le procès ne commence, un grand hebdomadaire de gauche avait confié à un célèbre sociologue le soin de rédiger une série d'articles sur l'affaire. Il avait fait scandale en affirmant que le notaire était lui-même victime d'un environnement social qui ne l'avait pas laissé épanouir son inclination sexuelle ; et que, plutôt que de le condamner à mort, il valait mieux prévenir de telles monstruosités en incitant tous les hommes, contraints au mariage par conformisme social, à libérer leurs pulsions homosexuelles avant qu'il ne soit trop tard. Le vrai coupable de ces meurtres était donc une société honteusement soumise à l'idéologie hétérosexuelle dominante. Devant la vague de désabonnements qu'engendra cette série d'articles, le propriétaire du journal avait dû présenter à trois reprises ses excuses aux lecteurs.

Les trois premières audiences furent désastreuses pour l'accusé. Il était laid, prétentieux. Suant à grosses gouttes, débordant d'un costume noir mal coupé et d'une chemise dont le col ne fermait plus, il parlait trop fort, d'une voix trop aiguë. Il semblait mentir même quand il se taisait. Sur les bancs du public, les spectateurs détestèrent d'emblée sa suffisance, ses dénégations maladroites, ses mines affectées, les invraisemblances et incohérences de ses explications. Les jurés, en grande majorité des femmes, le regardaient avec dégoût. Dès l'interrogatoire d'identité, la présidente de la cour d'assises, une petite femme revêche et glacée, insista, par petites touches fines, sur ses virées dans les bars de Dijon, ses visites clandestines dans les établissements parisiens spécialisés, ses vacances répétées en solitaire en Thaïlande ou au Brésil, la façon obsessionnelle dont il poursuivait de ses assiduités Philippe Duval. Elle traça de lui un portrait d'une sordide noirceur que le procureur n'eut plus qu'à rehausser d'un mot ou d'un autre. Les avocats de l'accusé ne trouvèrent rien à demander aux témoins qui défilèrent l'un après l'autre pour décrire la double vie du notaire. Le récit du lieutenant de gendarmerie venu faire les premiers constats dans la chambre des deux fillettes, après leur massacre, souleva le cœur de l'assistance. On entendit pleurer leur grand-père. Me Lavelloux-Graël hurla que, s'il avait fait ça, il se serait immédiatement suicidé, puis il s'évanouit sous les huées du public que la présidente menaça mollement d'expulsion.

Chaque jour, la télévision et la presse nationale rendaient compte avec passion de l'affaire. Personne ne doutait de la culpabilité de l'accusé. Personne ne doutait non plus que le jury le condamnerait, en l'absence de la moindre circonstance atténuante, à la peine de mort. La seule question était de savoir si le prochain président de la République, nouveau ou réélu, oserait gracier un tel monstre ou si l'exécution aurait lieu avant même le scrutin.

Et puis, alors que commençait, au quatrième jour du procès, l'audition des premiers témoins de l'accusation, les revues de presse, à la radio et à la télévision, commencèrent à s'intéresser aux articles de Frédéric. Ses portraits étaient rigoureux, complets. Il fournissait aux innombrables passionnés de l'affaire le récit le plus objectif, le moins encombré par ces métaphores oiseuses et ces digressions psychologiques où se complaisaient trop de chroniqueurs judiciaires en ce temps-là.

Pourtant, ses articles étaient beaucoup plus que de simples comptes rendus d'audience : depuis le premier jour, il avait su imaginer les questions que les avocats de la défense auraient dû poser ; il avait souligné certaines contradictions dans les témoignages, que les gendarmes n'avaient pas relevées ;

chaque jour, il éclairait d'une lumière plus crue le parti pris de la présidente, sa connivence avec le procureur et les parties civiles. Il semblait même mener sa propre enquête, puisqu'il fut le premier à faire remarquer que le fusil manquant chez le notaire, analogue à l'arme du crime, était en réalité d'un modèle extrêmement courant, puisque plus de deux cents autres exemplaires en avaient été vendus cette année-là dans le département.

Au bout d'une semaine d'audience, *France-Soir* devint le journal le plus lu en France sur cette affaire, et l'incontournable référence de tous ceux, magistrats, jurés, avocats, qui participaient au procès. Au point que l'audience était, chaque après-midi, davantage influencée par l'article de l'édition matinale, abondamment commenté par les radios, même si personne, sur place, ne le citait jamais.

Frédéric fuyait la curiosité que suscitaient ses écrits. On avait d'ailleurs du mal à le remarquer dans la tribune de presse où il se cachait derrière des collègues plus soucieux de faire remarquer leur présence. C'était un jeune homme d'apparence timide, très mince, brun ; de trop longs cheveux, dont il remontait sans cesse une mèche, masquaient ses grands yeux clairs. Il ne parlait à personne, sauf pour de brèves conversations de politesse avec le concierge de l'hôtel de la Vénerie où il était descendu, comme la plupart de ses confrères parisiens. En général, il dînait seul, avant les autres, et, le matin, partait plus tôt pour de longues et mystérieuses randonnées dans une voiture de location.

Valentine fit sa connaissance le second samedi du procès.

Comme cela se produisait de plus en plus souvent, Raoul n'était pas rentré. Il avait téléphoné pour expliquer qu'il était retenu à Paris un jour de plus par le montage de son film. Il n'arriverait à Montverche que le lendemain. Il jubilait : le gouvernement allait prendre à sa charge le coût des figurants.

Quand il lui avait proposé de l'accompagner à la capitale pour assister à une projection des premiers rushes, elle avait refusé. D'abord parce qu'elle savait pertinemment que, si elle avait accepté, il aurait trouvé aussitôt une bonne raison pour la dissuader de venir ; ensuite parce qu'elle n'aimait pas Paris, surtout le Paris que Raoul fréquentait.

Une fois, au début de leur mariage, il l'avait entraînée dans un dîner où des gens de cinéma disaient du mal d'autres gens de cinéma dans un restaurant alors à la mode, près des Champs-Élysées. Elle avait entendu l'un des convives expliquer qu'à Paris on ne survivait qu'en meute, comme les loups. L'imbécile, pensa-t-elle : ont-ils jamais vu comment une meute traite un loup blessé ? À ce dîner, elle avait compris que, dans ce Paris-là, celui des gens qui croient compter, on ne pouvait survivre qu'en mentant, en racontant à table d'autres dîners imaginaires, en dénonçant à ses amis d'un soir les méfaits ou les mécomptes de ceux de la veille. Telle devait être, pensa-t-elle, la règle d'airain de cette société arrogante et décadente : devoir être accepté pour survivre, devoir mentir pour être accepté. Elle était convaincue que Raoul n'était devenu menteur que pour survivre dans cette jungle, mais que le mensonge lui était devenu si intolérable qu'il allait bientôt finir par le détruire. Elle n'y pouvait rien. Et quand elle ne pouvait rien, elle pliait, comme toujours. Tout plutôt que le perdre.

Ce samedi matin-là, 21 février 1981, Valentine suffoquait de solitude. Raoul, elle en était sûre, l'appellerait le lendemain pour lui expliquer que les exigences du montage ou de la postsynchro – elle connaissait maintenant tous les termes techniques – allaient le coincer dix jours de plus à Paris. Encore une fois, quand il téléphonerait, les bruits qu'elle entendrait derrière lui ne laisseraient pas le moindre doute sur le genre d'ambiance qui le retenait. Elle n'était pas dupe : ce film n'existait pas plus que les autres.

La maison Claudial, qu'elle avait tant aimée, lui était devenue odieuse. Elle y avait rêvé d'une grande famille, de rires d'enfants, de fêtes. Pas de cette solitude aux côtés d'une petite fille sans cesse en crise. Sarah supportait-elle mal sa présence ? Quand sa mère s'approchait, elle se mettait à hurler, à se tordre de douleurs que le docteur Lucas soupçonnait d'être imaginaires.

Ce jour-là, Valentine confia Sarah à Rosalie et marcha jusqu'au quai des Acacias. Elle avait besoin de parler avec Augustin. Mais elle ne le trouva pas ; il venait de partir pour une de ses razzias de greniers. Elle traîna dans les rayons parmi les clients, nombreux au cœur de la matinée. À l'étage rassemblant les romans du début du vingtième siècle, elle heurta un jeune homme aux cheveux longs et aux yeux très clairs, penché presque à plat ventre sur l'étagère du bas. Il se releva. Elle le remit. Dans la ville, tout le monde le connaissait. Elle fut surprise de le trouver là un samedi : le procès était suspendu pour deux jours. Tous les autres correspondants étaient rentrés à Paris.

Elle aima d'emblée sa voix tranquille quand il demanda à une vendeuse s'il ne restait pas dans les réserves un exemplaire du *Kœnigsmark* de Pierre Benoit.

L'employée de la librairie avait interrogé Frédéric sur le procès. Comme tout le monde, elle ne nourrissait pas le moindre doute sur la culpabilité du notaire ; avec une pointe d'agressivité, elle demanda au journaliste pourquoi il la remettait en question. Avait-il des preuves ou seulement des intuitions ? Dans ce cas, avait-il le droit, alors qu'il était là pour rendre compte d'une situation, de se laisser emporter par sa propre subjectivité, contre toutes les évidences ? Frédéric répondit d'une voix presque inaudible qu'il n'avait pas d'avis personnel. Il ne s'intéressait qu'à la vérité, et la vérité n'avait que faire des sentiments.

Il regardait Valentine. Elle se sentit transpercée et s'entendit lui demander à son tour pourquoi il n'était pas rentré à Paris, comme tous les autres journalistes. Il répondit que rien ne l'y attendait et qu'il y avait, le lendemain après-midi, à l'abbaye de La Courroye, un concert de musique de chambre pour lequel il avait obtenu deux places. Des musiciens hongrois joueraient les deux derniers quatuors de Beethoven. C'était, pour lui, l'un des sommets de la musique ; il lui était arrivé de faire des centaines de kilomètres pour les entendre. Sans élever le ton, le plus naturellement du monde, il l'invita à l'y accompagner. La jeune vendeuse s'était éclipsée avec un sourire entendu. Valentine accepta en se demandant comment il avait osé lui faire cette proposition. Elle se dit qu'elle aurait tout le temps, d'ici le lendemain, de se décommander.

Elle repartit vers sa grande maison désolée sans cesser d'entendre sa voix.

Très tôt dans la matinée du dimanche, alors que Valentine donnait son bain à une Sarah très agitée, Raoul téléphona pour expliquer qu'il avait obtenu un rendez-vous pour le lendemain avec son ami le ministre de la Défense et qu'il ne pourrait donc rentrer ce jour-là. Il serait sûrement là le samedi suivant.

Valentine rappela l'hôtel de la Vénerie et demanda Frédéric, décidée à lui dire qu'elle ne viendrait pas avec lui au concert. Pendant qu'on lui passait sa chambre, elle se chercha désespérément une excuse. Rien ne lui vint. Elle s'entendit lui confirmer qu'elle l'attendrait à huit heures, et lui donna l'adresse. C'était leur premier rendez-vous. Elle pensait bien que ce serait le dernier.

Elle s'habilla pour lui plaire. Ou plutôt, elle laissa paraître assez de son corps pour qu'il fût obligé de remarquer que d'autres la désiraient.

À huit heures, il sonna. Elle ouvrit, Sarah dans sa jupe. Avec le plus grand naturel, il embrassa la fillette et tendit la main à Rosalie qui allait dormir là avec l'enfant. Il aida Valentine à enfiler un manteau et ils se dirigèrent vers sa voiture, sans prononcer un mot. Ils roulèrent vers l'abbaye de La Courroye, sur le chemin qu'elle avait si souvent parcouru avec son père.

Pourquoi penser à lui ce soir ?

Elle guida Frédéric jusqu'au champ qui tenait lieu de parking. Ils descendirent. Il faisait nuit noire, ils étaient en retard. Elle eut froid. Il buta sur une pierre et se retint en lui étreignant le bras. Ils entrèrent dans la cour où, sur un bar improvisé, trois jeunes gens servaient des soupes chaudes dans des verres en carton.

On les pressa vers la chapelle en leur glissant un programme tapé à la machine sur du mauvais papier. Elle lut : « Quatuors en *la* mineur et en *si* bémol majeur, *opus* 130 et 133 de Beethoven, par le quatuor de Budapest. » En entrant, elle eut un choc. C'était une magnifique salle romane, mal éclairée de quelques torches. Comment avait-elle pu attendre si longtemps avant d'y venir ? Elle ressentit comme un tremblement. Elle en voulut à son père de ne jamais lui avoir fait connaître cet endroit. Peut-être n'y avait-il jamais pénétré lui-même ? Il avait fallu l'invitation d'un inconnu pour qu'elle le découvrît. Ils se glissèrent sur deux mauvaises chaises, au cinquième rang. Valentine reconnut parmi le public quelques visages de Montverche. Elle salua de loin un couple de ses clients. Demain, elle raconterait tout à Raoul.

Les jeunes gens vinrent éteindre les torches. Les musiciens firent leur entrée. Le concert commença. Elle eut le sentiment que Frédéric ne la quittait plus des yeux.

Au début, elle s'ennuya. Cette musique ne la touchait pas. Puis, peu à peu, elle se laissa prendre par son austère mélancolie.

À l'entracte, Frédéric alla chercher des soupes chaudes. Elle l'attendit. Il lui parla longuement de ces quatuors : les changements de tempo, l'art de l'imprévu, le récitatif avant le finale, la *cavatina*, le célèbre passage marqué *beklemmt*, ce qui peut se traduire par « oppressé » ou « sanglotant », la contradiction entre déchirement et incohérence dont les critiques s'étaient gargarisés depuis plus d'un siècle...

Valentine l'écouta, fascinée ; elle pensa qu'elle aimait plus la façon dont il parlait de la musique que la musique elle-même. Au bout d'un long silence, il s'excusa de l'avoir ennuyée avec tous ces commentaires, mais ces quatuors jouaient un rôle particulier dans sa vie. Ils lui rappelaient son père qui les lui avait fait découvrir. Il lui parla alors de son enfance.

Elle se sentait bien. Elle n'aurait su dire au juste pourquoi. Le concert reprit. Elle fut bouleversée par la mélodie déchirante du récitatif du dernier mouvement, telle qu'il le lui avait annoncée.

Quand la lumière revint, elle eut du mal à cacher qu'elle avait pleuré. Il lui proposa de dîner à l'auberge de La Courroye, mais elle savait qu'il était trop tard, qu'on ne servait plus à cette heure. Ils revinrent vers l'hôtel de la Vénerie, le seul établissement encore ouvert en ville. La salle était presque vide. Les journalistes étaient rentrés chez eux pour le week-end. Deux couples finissaient un repas silencieux qui aurait pu être gai s'il avait eu lieu quinze ou vingt ans plus tôt.

Leur dîner commença lui aussi par un silence. Elle ne savait comment lui avouer qu'elle s'inquiétait pour sa fille. Elle s'absenta de table pour téléphoner. Rosalie lui dit de prendre son temps : tout allait bien ; Raoul avait appelé, l'enfant lui avait parlé ; elle était sereine, dormait déjà.

Valentine retraversa la grand-salle. Frédéric lui demanda de but en blanc des nouvelles de sa fille. Elle rougit, ne sut que répondre, se replongea dans son assiette. Il l'interrogea sur ses passe-temps, son métier. Elle parla de la reliure, dont elle espérait faire profession. Mais elle ne voyait pas qui seraient ses premiers clients ; personne ne passerait jamais commande à une débutante. Pourtant, elle était sûre qu'elle saurait bien faire et qu'un jour, si on lui fournissait des occasions de pratiquer, elle deviendrait une artisane honorable.

De sa voix douce, presque inaudible, Frédéric lui demanda si elle avait des raisons d'être inquiète pour sa fille. Valentine répondit qu'une mère trouve toujours des raisons de se faire du souci pour son enfant. Il murmura qu'il comprenait. Marié très jeune, il avait divorcé tout de suite après la mort accidentelle d'un fils, qui avait rendu insupportable une vie de couple que plus rien ne justifiait. Une vie de mensonges. Depuis, il était en quelque sorte marié à son métier. Un journaliste est un chercheur de vérité, en tout cas il concevait ainsi son rôle. Or la vérité est incompatible avec l'amour ; et même avec la vie privée. Elle protesta. Il expliqua que le mensonge est la condition de toute vie privée. Et lui, par la façon un peu vieux jeu dont il entendait exercer son métier, comme un traqueur de vérité, se condamnait à s'empêcher et à empêcher les autres d'en avoir. Mᵉ Lavelloux-Graël, par exemple, même s'il était innocent, serait désormais à tout jamais exposé au regard des autres, comme dans un aquarium. Et les poissons d'un aquarium n'ont pas de vie privée. Aussi il ne se sentait pas le droit de vivre un amour, parce qu'il ne se sentait plus celui de mentir.

Elle l'avait regardé avec stupeur et effroi. Pouvait-on à l'avance s'interdire d'être épris de qui que ce soit ? Pouvait-on choisir de renoncer pour toujours à aimer ? Alors il avait murmuré sans la regarder :

– Je pourrais tomber, là, fou amoureux de vous, pour la vie, et ne jamais vous le dire.

Elle trembla et voulut croire que c'était à cause de la fatigue. Elle eut du mal à articuler :

– Vous dites cela à toutes les femmes ?

– Je ne l'ai jamais dit. Et je n'aurais jamais pensé qu'il existerait un jour quelqu'un d'assez fou pour...

Il sourit, puis ajouta :

– Et si je vous disais seulement que vous me plaisez, cela, vous le croiriez ?

Elle s'entendit lui répondre.

– Je crois tout, en général. Sachant que, dans le détail, tout est toujours faux.

Elle le suivit dans sa chambre. Avant l'aube, elle partit sans un mot. Elle devina qu'il était réveillé, mais qu'il ne chercherait pas à la retenir.

*
*   *

Ce 9 juin 1989, quand elle repense à cette nuit d'il y a huit ans, lui revient à l'esprit cette phrase qu'elle a relevée, tout à l'heure, dans le volume du mystérieux expéditeur :

« Je savais bien que cette nuance nouvelle de la joie, cet appel vers une joie supra-terrestre, je ne l'oublierais plus jamais... »

161

*

* *

Pendant la dernière semaine du procès qui le rendit célèbre, Frédéric ne chercha pas à la revoir. Il ne vint plus à la librairie d'Augustin Vinterailh. Il ne quittait presque plus sa chambre, sauf pour assister aux audiences.

Celles-ci se déroulaient on ne peut plus mal pour le notaire. Plus les jours passaient, plus il devenait évident qu'il avait menti sur tous les points, et qu'il était coupable. Aucune de ses dénégations ne trouvait de prise. Même Frédéric ne semblait plus prendre la peine de le défendre. Il rendait compte de l'audience du jour avec une précision qui instillait encore le doute, mais il n'apportait plus aucun argument nouveau.

Puis vinrent les plaidoiries des avocats des parties civiles et le réquisitoire, terrible et convaincant, fermant les portes à l'indulgence et à l'hésitation. Tout était joué.

Au lendemain du réquisitoire, un samedi matin, Frédéric récapitula dans un long article – le plus développé qu'il eût publié depuis le début du procès – l'ensemble de l'affaire. À coups de formules lumineuses, il démontra que rien de ce que l'accusation avançait n'avait jamais été sérieusement prouvé.

Apportant des arguments inédits, soulignant nombre de contradictions entre les témoignages que personne n'avait remarquées ni soulevées, il réduisit l'enquête à une juxtaposition de dépositions douteuses, de suppositions hâtives, de déductions approximatives, de partis pris dictés par la paresse, de conclusions bâclées. Le jeune Bolivien, par exemple, témoin à charge capital puisqu'il fournissait le mobile immédiat des meurtres, était en fait connu dans les boîtes de nuit qu'il fréquentait à Paris comme un prostitué et un mythomane. Deux autres habitués de la rue Sainte-Anne, retrouvés par Frédéric, avaient expliqué au journaliste que leur ami était un charmeur professionnel et que, de toute façon, il adorait servir à ses clients tout ce qu'ils avaient envie d'entendre. Au demeurant, d'après eux, Alfonso n'avait jamais rencontré le notaire ; il ne l'avait déclaré aux gendarmes que pour se rendre intéressant. Eux-mêmes avaient voulu en faire part aux enquêteurs, mais aucun d'entre ceux-ci ne s'était préoccupé de recueillir leurs témoignages. Ainsi se terminait la première partie de l'article, la seconde étant annoncée pour le lundi matin.

Aux radios et aux chaînes de télévision qui, le dimanche, relayèrent ces conclusions, la gendarmerie, interrogée, ne trouva rien à répondre.

Avant que le procès ne reprenne, *France-Soir* avait publié, dans sa toute première édition du lundi, la seconde partie de l'article de Frédéric, la plus explosive : on y trouvait une démonstration rigoureuse de la façon dont les six meurtres avaient parfaitement pu être commis par un rôdeur.

Plusieurs témoins avaient mentionné la présence, à l'heure des crimes, devant la maison du notaire, d'un homme qui cherchait à se cacher. Ils avaient fourni de lui un signalement précis et concordant : très fort, un peu boiteux, une cicatrice visible sur la joue droite, habillé d'un jogging et d'une paire de baskets. Pas un passant ordinaire. Pourtant, personne durant l'enquête ne s'était donné la peine de retrouver sa trace : ni la gendarmerie, ni le juge d'instruction, ni même les avocats de l'accusé. Frédéric démontra que ce rôdeur avait fort bien pu pénétrer chez le notaire pour y commettre un vol. Il aurait été surpris par Mme Lavelloux-Graël et par l'associé de son mari avec qui ce dernier avait rendez-vous, comme l'établissait son agenda. Le rôdeur aurait alors tué Mme Lavelloux et ses enfants. Me Duval aurait réussi à fuir, poursuivi par le rôdeur. Il se serait réfugié chez lui, dans la maison d'en face, s'y serait barricadé et aurait appelé la police. Le rôdeur aurait alors fracassé une baie vitrée. On avait trouvé des éclats de verre à l'intérieur de la pièce et la porte d'entrée avait été barricadée à l'aide d'une table coincée avec les chenets de la cheminée. Le rôdeur aurait alors tué Me Duval et son fils pour éliminer tous les témoins. Nul n'avait même remarqué que l'appel lancé à la police par Me Duval depuis sa maison avait parlé de « l'arrivée imminente du meurtrier ». Il n'avait pas nommé son associé. Ce qui prouvait qu'il savait qu'un meurtre au moins avait déjà été commis ailleurs, mais par un inconnu. Autrement, il l'aurait nommé. Et comment l'aurait-il su s'il n'y avait pas assisté ? Tout coïncidait parfaitement : les horaires, les traces de pas, les vitres brisées. Frédéric avait même vérifié qu'aucun appel téléphonique n'avait été échangé entre les deux maisons à l'heure du crime, et qu'aucune fenêtre de l'une ne donnait sur l'autre, ce qui prouvait que Me Duval n'avait pu être informé par un tiers de la tragédie survenue à côté. Enfin, l'article notait qu'il avait fallu, pour commettre les divers meurtres, recharger le fusil à six reprises. Or la comptabilité minutieuse de ses munitions que le notaire tenait depuis des années indiquait qu'il n'avait presque plus de cartouches, en tout cas plus assez, ce que son armurier avait confirmé au journaliste. Implacable réquisitoire contre les défaillances et insuffisances de l'enquête, l'article se terminait sans conclure. Ce n'était pas nécessaire.

Au début de l'après-midi, juste avant la reprise de l'audience, les télévisions cherchèrent Frédéric. En vain. Il avait quitté la ville sans attendre la fin du procès. En entrant, la présidente arborait une mine plus revêche encore qu'à l'accoutumée et c'est de fort méchante humeur qu'elle donna la parole à la défense. Pathétiques, les avocats ne trouvèrent rien à ajouter à ce que tout un chacun venait de lire.

Me Lavelloux-Graël eut un malaise à la lecture du verdict qui l'acquittait après moins d'une heure de délibéré. Au bout de quelques secondes d'un silence stupéfait, une grande partie du public siffla. Retenu à grand-peine par ses avocats, le beau-père de l'inculpé voulut se ruer sur lui pour l'étrangler. Il hurla que son gendre et ce « journaleux gauchiste » ne seraient nulle part au monde à l'abri de sa vengeance.

Chacun vit là une sorte de première : un chroniqueur judiciaire avait à lui seul réussi à inverser le cours et le verdict d'un procès d'assises. Et à sauver un homme de la guillotine.

Frédéric avait pris quelques jours de vacances. Quand il revint, il refusa toutes les interviews, affirmant qu'il n'avait fait que son travail : pour lui, tout vrai journaliste aspirait à trouver la vérité, pas la gloire.

Valentine ne chercha pas à le revoir. Elle savait que son souvenir demeurerait longtemps tapi au fond d'elle-même, mais que sa propre vie continuerait de s'écouler sans lui, à jamais.

Raoul venait de lui annoncer son retour pour le soir-même. Il avait promis de l'emmener dîner en tête à tête à l'hôtel de la Vénerie, comme chaque fois qu'il avait quelque chose à se faire pardonner.

Elle fut surprise de constater que l'image de Frédéric ne la laissait pas en paix, et, en faisant l'amour avec son mari, ce soir-là, elle ne sut pas lequel des deux elle trahissait.

5

10 juin 1989 : encore un mois pour achever cette reliure.

Depuis quelques années, chaque fois qu'une nouvelle commande lui parvient, Valentine se sent investie par un fantasme qui la trouble plus qu'elle ne saurait l'admettre et s'imagine servante experte, préposée dans un harem à la préparation de la favorite désignée pour passer la prochaine nuit avec le sultan.

Le livre à relier est comme une femme à parer. D'abord le déshabiller, puis le revêtir, le maquiller pour exciter le désir de celui qui le prendra en mains, le caressera, l'admirera avant de l'ouvrir et d'y pénétrer. Aujourd'hui, pour la première fois, elle réalise qu'il y a peut-être un certain lien entre

la distance qu'elle a toujours gardée envers la sexua-
lité et son attirance pour la reliure. Comme si, dans
une autre vie, elle avait été eunuque dans quelque
palais d'Orient, mieux faite pour préparer les autres
à l'amour que pour le vivre elle-même.

Si tout volume est comme une femme, alors
celui-ci est la plus précieuse des concubines, la plus
mirifique des amantes. Ce roman de la fragilité
humaine, ce parcours initiatique à travers la
mémoire involontaire, ce récit d'une adolescence
transie dont presque tous les êtres qui ont compté
dans sa vie sont tombés amoureux, voici qu'elle en
détient un des tout premiers exemplaires, un de
ceux que Proust lui-même a peut-être tenu entre
ses mains. Et il lui appartient de le rendre plus
désirable encore.

Bien installée dans le fauteuil de son père, cet
étroit fauteuil où il se calait pour lui narrer ses
aventures imaginaires, elle réfléchit encore à tout
ce qui l'attend. Avant d'entamer le débrochage, elle
dessine les motifs de la couverture et choisit la
qualité des cuirs, les couleurs des tranches, les peintures pour les pages de garde. Une fois fait, elle ne
peut plus tergiverser. Il faut maintenant défaire ce
qui existe pour le remplacer par du neuf. Vertige
de l'irréversible. Une fois l'opération commencée,
plus possible de revenir en arrière. Un peu comme
quand une femme attend un enfant : à partir d'un

certain moment, impossible de renoncer, de faire machine arrière. Le relieur ne peut que tuer le volume ou le faire naître.

Lentement, périlleusement, elle décolle le dos de la couverture à la vapeur. Il se détache des feuillets. Dessous, elle distingue la colle et les fils qui assemblent les cahiers. Elle les contemple avec émotion comme si elle entreprenait un voyage à rebrousse-temps vers ces artisans, des femmes aussi sans doute, qui, à la fin de la Première Guerre mondiale, avaient passé de longues heures à assembler, tresser, coller ces pages selon une technique aujourd'hui disparue, plus solide que celle des ouvrages d'aujourd'hui. Une fois le dos séparé des feuillets, elle coupe les fils pour détacher méticuleusement les cahiers les uns des autres. Puis elle sépare les folios qu'elle examine un à un pour y chercher des déchirures.

*

* *

Quand débuta, en mars 1981, la campagne officielle pour les élections présidentielles, Raoul, contrairement aux promesses faites à Valentine, quitta Montverche pour Paris, appelé d'urgence par ce qu'il prétendit être les tout derniers jours du montage d'Azincourt, devenu *La Folie du monde*.

Tel était finalement, expliqua-t-il, le titre imposé par les distributeurs. Raoul ne l'aimait pas vraiment, mais avait dû s'y résigner.

Une fois de plus, Valentine se retrouva seule avec sa fille. Naturellement, elle savait que *La Folie du monde* n'aurait pas plus de réalité que *Le Rivage des Syrtes* ou *La Femme du père*. Elle pensait que Raoul avait simplement besoin d'un peu d'espace pour respirer. Comme toujours, il devait y avoir une pincée de réel dans ses délires. Il avait dû écrire deux pages, en parler à trois sous-fifres d'une chaîne de télévision. Peut-être même avait-il touché une petite avance qui lui avait permis de mener grand train à Paris pendant quelques semaines. Rien de plus. En tout cas, il s'y cramponnait et ne cherchait plus d'autre excuse pour filer vers la capitale et ainsi échapper aux cris de Sarah. L'enfant était de plus en plus insupportable, laissant sa mère impuissante.

L'idée de quitter Raoul traversa Valentine. Puis elle reconnut qu'elle n'y parviendrait pas. A sa façon, elle l'aimait, la jalousie n'avait jamais réussi à la faire vraiment souffrir. Elle savait mieux que personne que la jalousie n'était pas une preuve d'amour.

Seule la reliure la consolait, la fortifiait. Jean Londery trouvait maintenant son élève parfaitement au point et ne surveillait plus que de loin en loin ses progrès dans la réalisation de formats de plus en plus sophistiqués.

Au début des vacances de Pâques, à quelques semaines du premier tour des élections présidentielles, Valentine eut la surprise de voir arriver Louise à Montverche. La jeune étudiante semblait déprimée. Son professeur préféré la négligeait. Il avait maintenant jeté son dévolu sur une autre de ses élèves avec qui il s'affichait à la sortie des cours et dans les restaurants voisins de l'université. À la veille des vacances, il avait même annoncé qu'il emmenait plusieurs de ses étudiants à Madrid, et Louise n'était pas du voyage, à la différence de la nouvelle favorite. Elle parlait de se venger, de tout rapporter à la femme du traître, de s'afficher avec un autre professeur, un rival de Daurès, qui ne demandait que cela. Valentine admirait la capacité de son amie à se mettre en colère. Elle aurait voulu être dotée de la même faculté de nuire, de la même volonté de représailles. Mais non, décidément, elle n'aimait peut-être pas assez pour haïr qui la faisait souffrir.

Cinq jours plus tard, Louise, triomphante, raconta à Valentine que son professeur venait de l'appeler de Madrid où il n'avait finalement pas emmené « la petite greluche » qui l'avait tant excité − à moins que celle-ci ne lui eût fait faux bond à la dernière minute ? Toujours est-il qu'il avait proposé à Louise de venir le rejoindre. Elle lui avait raccroché au nez, bien décidée à le faire lanterner.

Quand elle apprit que Raoul négligeait Valentine et que, sous prétexte de préparer un film imaginaire, il passait l'essentiel de son temps à Paris où il devait sans doute passer des bras d'une maîtresse à ceux d'une autre, Louise lui rappela qu'elle s'était toujours défiée de ce menteur professionnel, et lui répéta de le quitter au plus tôt. Raoul – Louise en avait été persuadée depuis le premier jour – était incapable de s'intéresser à autre chose qu'au reflet de sa propre image dans le regard des autres. Valentine n'était sans doute pour lui qu'un substitut de sa mère avec qui il avait dû avoir des rapports peu avouables. Il ne serait jamais qu'un fardeau, un enfant de plus. Jamais il ne pourrait la protéger, ni même l'aimer. Il ne savait d'ailleurs ni la surprendre ni la courtiser. Lui avait-il jamais offert un cadeau de valeur ? L'avait-il jamais emmenée en week-end à l'improviste, ne serait-ce qu'à cent kilomètres de Montverche ? Jamais. Valentine en convenait, tout en n'ayant pas le courage d'avouer qu'elle n'en avait guère éprouvé de regret et qu'elle aimait justement en Raoul cette fragilité désespérée, ce besoin infini de tendresse qu'elle était seule à lire dans ses yeux et seule à savoir satisfaire. Louise poursuivit son réquisitoire : Raoul ne considérait Montverche que comme une base arrière où il pouvait se réfugier quand il n'avait pas mieux à faire, quand l'une de ses conquêtes l'avait laissé tomber ou quand personne ne se laissait plus éblouir par ses promesses. Avec l'âge, il ne s'arrangerait pas. Il mentirait chaque jour davantage, écartelé entre des aventures de plus en plus brèves, vénales, pathétiques, ridicules. Autant en finir au plus vite. Ce ne serait d'ailleurs pas si facile, car il s'accrocherait. Raoul ne lâcherait pas sans combattre une situation si confortable sur le plan matériel aussi bien que sentimental. Quand Valentine l'aurait viré, elle le verrait courir, s'age-nouiller même, comme un petit garçon privé de dessert, pour la supplier de le reprendre. C'est là qu'elle aurait à se montrer inflexible, car Dieu seul savait ce qu'il serait capable d'inventer pour l'api-toyer. Mais Louise serait là pour soutenir son amie, l'empêcher de flancher.

Valentine protesta. Louise n'avait rien compris. Raoul avait peut-être des aventures, mais de simples passades, rien d'important. Avec elle, il restait un rare mais magnifique amant. Au demeu-rant, il ne lui mentait pas, puisqu'elle ne l'inter-rogeait jamais. Elle saurait tout de suite si une rencontre d'un soir, une baliverne tournerait à la liaison durable et sérieuse. Pour cela, elle n'aurait pas besoin de lui poser de questions. Et si un jour elle demandait à son mari de partir, il disparaîtrait, trop fier pour se cramponner. Non, jamais elle ne prendrait un tel risque !

Louise insista. Elle connaissait mieux les hommes que son amie. Raoul lui mentait, il devait dire aux autres femmes le plus grand mal d'elle, devant se plaindre que sa femme ne le comprenait pas, ne le satisfaisait pas, ne comblait pas son immense besoin de tendresse et d'amour. Louise en était certaine. Combien d'hommes ne lui avaient pas déjà débité ce morceau de bravoure ! Non, il lui fallait le quitter, sous peine d'y laisser sa jeunesse. Valentine n'avait même pas vingt et un ans et avait tout le temps de trouver un autre homme, plus jeune, plus beau, plus drôle. Et même plusieurs. Il ne fallait pas qu'elle s'attarde. Raoul la détruirait. Ce n'était d'ailleurs pas le fait qu'il fût menteur qui la scandalisait. Cela, au contraire, le lui rendait plutôt sympathique. Ce qu'elle lui reprochait par-dessus tout, c'était son égoïsme. Alors qu'en général les menteurs se montrent plutôt généreux pour compenser par l'importance de leurs présents l'hypocrisie de leurs sentiments, Raoul, lui, était un menteur sincère ; il n'était donc jamais effleuré par l'idée d'être en faute.

Pour Louise, au demeurant, être menteur n'était pas une tare, c'était de ne pas l'être qui constituait une bizarrerie de la nature. À ses yeux, tout le monde mentait d'une façon ou d'une autre, à un moment ou à un autre, y compris les plus francs. Ne serait-ce que pour ne pas faire de peine. Mentir était une exigence de la politesse. Voire une façon de ne pas ennuyer les gens avec la platitude des vérités générales, la grise uniformité du quotidien. Pas de vie en société sans mensonges. Proust, par exemple, qu'elle étudiait pour son mémoire. Comme Raoul, il travestissait des amours dont il avait honte en affections sages, ou s'attribuait des aventures édifiantes vécues par d'autres. Tout comme, expliqua-t-elle à Valentine, son escroc de mari s'appropriait des projets qui n'étaient pas les siens, l'écrivain s'arrogeait des pages entières recopiées ailleurs. (Ainsi la description des églises de Balbec, paraphrase de celle de la cathédrale de Chartres par un obscur spécialiste de l'époque.) Proust aurait eu tort de se priver : pas de création sans subterfuge, sans réinvention du réel. Bref, son incommensurable propension à mentir était même la seule chose qui lui rendît Raoul sympathique.

Elle-même, d'ailleurs, mentait aussi souvent que nécessaire. Par exemple, quand elle décidait de séduire un homme, il n'était pas question de lui dire la vérité. Bien sûr, elle était assez jolie pour avoir n'importe qui dans son lit sans lui mentir, mais, s'il s'agissait d'aller au-delà de la simple aventure, elle n'eût accroché personne en se présentant comme la fille unique d'un bouquiniste de Montverche, misérable sous-préfecture que nul ne savait situer sur une carte. Aussi, quand quelqu'un l'intéressait vraiment, elle s'inventait un passé d'aventurière et laissait croire à une double vie. En général, elle se prétendait la maîtresse cachée d'un homme politique important dont elle taisait d'autant plus jalousement le nom qu'il n'existait pas. Elle prétendait accomplir pour lui des missions discrètes qu'il ne pouvait confier à personne d'autre. Disant cela, elle ne mentait pas exactement. Certes, il eût été par trop médiocre de reconnaître qu'elle entretenait une liaison clandestine avec un assistant en histoire de l'art à Paris-IV, et l'aidait à préparer sa thèse. Quel que fût le charme de l'intéressé, elle avait conscience qu'il n'y avait là rien de grandiose. Alors, pour nourrir et guider son imagination, elle avait jeté son dévolu sur un politicien très connu dont elle refusa de donner l'identité à Valentine, un homme en pleine gloire, en tout cas, qu'elle n'avait jamais rencontré et ne rencontrerait jamais, mais dont elle essayait de suivre par le menu les déplacements et les apparitions à la télévision. Elle s'imaginait l'accompagner en voyage, extorquant des informations secrètes à l'un ou l'autre de ses homologues américains ou soviétiques. Les hommes qu'elle rencontrait et à qui elle racontait par bribes sa liaison haut placée raffolaient de l'idée de la disputer à un puissant. Et comme cet homme illustre était peu disponible, l'alibi présentait l'avantage annexe de lui permettre d'annuler tout rendez-vous au dernier moment. Avec Hugues, par exemple, ç'avait très bien marché. Il avait tout fait pour découvrir le nom de son rival. Il avait même avancé celui auquel elle avait songé. Si le jeu devenait par trop dangereux, elle lui annoncerait sa décision de quitter son célèbre et mystérieux amant qui, de toute façon, ne laisserait jamais tomber sa femme légitime. Elle se conduirait ainsi avec tous les hommes, jusqu'à trouver celui qu'elle appelait « H. de V. », l'homme de sa vie. Oui, elle y croyait toujours ! Il était quelque part en ce bas monde, assis au bord d'une route encombrée, ou retenu dans une ambassade assiégée, ou interdit de séjour en Europe, aussi désespéré qu'elle de ne pas l'avoir encore rencontrée. En attendant, elle ferait marcher tous les hommes, y compris son professeur, pour leur faire payer cette intolérable attente. À moins qu'Hugues ne fût « H. de V. » ? L'idée l'avait effleurée... Quoi qu'il en fût, puisqu'il prétendait l'aimer, elle allait le laisser se morfondre pendant des semaines avant de le revoir, prétendant devoir partir pour un congrès à l'autre bout du monde avec son célèbre politicien.

Louise quitta Montverche dix jours plus tard sans avoir convaincu Valentine du bien-fondé de sa stratégie. D'autant plus qu'elle se précipita à

Paris pour retrouver son professeur dès que celui-ci lui eut annoncé qu'il avait pu expédier sa femme passer trois jours en Bretagne, chez ses parents.

Quelques temps plus tard, Cécile, après s'être assurée de l'absence de Raoul, s'invita à déjeuner au Château Claudial. Valentine n'avait pas revu la femme de son père depuis plusieurs mois et la trouva changée, vieillie, peut-être aussi moins bien habillée. Comme fanée. La paume de ses mains paraissait usée. Cécile tremblait et semblait même avoir de la peine à se servir de ses couverts. Valentine se risqua à lui demander si elle se sentait fatiguée. Une voix plus sourde que d'ordinaire lui répondit qu'elle avait un peu plus de travail à la ferme, car les aides européennes aux producteurs de céréales avaient diminué ; elle avait d'ailleurs dû se séparer de plusieurs ouvriers. Elle ajouta après un bref silence que, de surcroît, les détectives lui coûtaient affreusement cher. Valentine tressaillit : elle aurait dû y penser depuis longtemps ! Quelle tête-en-l'air elle avait été ! Elle proposa de partager par moitié les frais d'enquête. Cécile écarta la proposition d'un sourire crispé comme pour signifier qu'il était trop tard. C'était son idée : elle en porterait toute la responsabilité et n'était d'ailleurs pas sûre que Valentine apprécierait ce que ces fouineurs allaient finir par découvrir. Cécile s'était à peine servie des plats disposés sur la table ; elle but un verre d'eau sans cesser de fixer Valentine, hésita puis se reprit : ce qu'ils venaient, en fait, de découvrir.

Valentine retenait son souffle. Elle n'avait plus vraiment envie de savoir.

Cécile reposa son verre. Oui, les détectives avaient mis au jour des informations pour le moins déplaisantes.

Valentine aurait voulu trouver une raison de se lever, de s'en aller. De ne pas entendre.

Après plusieurs mois de plongée dans les réserves du ministère de l'Intérieur à Paris, au Havre et à Nantes où étaient conservés les documents relatifs aux Français nés dans les ex-colonies, ils avaient fait émerger les preuves qu'un certain Étienne Rouche avait passé quatre ans en prison à la Santé du 3 décembre 1945 au 5 février 1949. Impossible d'en connaître le motif : faits amnistiés, dossier détruit. Pour l'heure, ils ne pouvaient garantir qu'il s'agissait bien du même Étienne Rouche, mais c'était assez vraisemblable, même s'ils ne pouvaient encore faire savoir sur quoi se fondait leur intuition. Enfin, ils étaient sur une piste qui était censée leur permettre de retrouver les minutes du procès. Mais il y faudrait du temps et de l'argent...

D'autant plus qu'à leur vive surprise, quelqu'un était passé juste avant eux consulter les mêmes archives. Oui, quelqu'un d'autre cherchait la vérité sur Antoine. Cécile avait pensé un instant que Valentine menait de son côté sa propre enquête, mais l'idée lui avait vite paru trop absurde. Pourtant, il était encore plus absurde d'imaginer qu'une autre personne qu'elles deux pouvait vouloir aussi découvrir la vérité sur cet homme.

Devant le regard horrifié de Valentine, Cécile murmura qu'elle, en tout cas, ne pouvait plus arrêter ses limiers : ils allaient trouver. Il ne serait plus possible de ne pas savoir. C'est ce qu'elle avait voulu. Même si quelqu'un d'autre trouvait aussi.

Valentine était glacée. Ses tympans lui faisaient mal, elle entendait son cœur battre à tout rompre. Un voile se forma devant ses yeux. Elle pensait que, si elle cherchait à se lever, elle tomberait aussitôt en syncope. Elle ne bougea pas, sourit comme elle put, faisant face à Cécile qui lui prit la main par-dessus la table.

Son père aurait donc passé quatre ans en prison, entre trente-trois et trente-sept ans, soit dix ans avant sa naissance ? Ce ne pouvait être vrai. Il avait traversé la guerre en héros dans la Royal Navy pour s'engager ensuite dans la marine marchande française et y occuper tous les grades, jusqu'à devenir commandant de bord. Quand aurait-il pu trouver le temps de faire de la prison ?

Oublier tout cela...

Elle se sentait de plus en plus mal. Il lui faudrait se faire à l'idée que rien de ce que son père lui avait raconté n'était exact, assumer un passé encore tout entier à découvrir. À cela, quatre ans et cinq mois après sa mort, elle n'était pas encore résignée.

Pourtant, en même temps que la vie de son père devenait plus opaque, énigmatique, elle eut le sentiment de commencer à le comprendre. Ce séjour en prison avait dû être pour lui un secret trop lourd à porter, mais aussi impossible à partager. Pour se protéger, il avait choisi de ne pas s'accepter, d'apprendre à devenir un autre. Il avait organisé cette sorte de clandestinité vis-à-vis de lui-même par vertige du malheur, désir de se fuir, de disparaître. Il avait menti pour éviter que sa fille ait honte de lui. C'était sûrement cela. Elle ne voyait pas l'utilité d'en savoir davantage.

Valentine se reprit à sourire. Les détectives ne trouveraient jamais : Antoine avait certainement réussi à effacer toutes ses traces dans les labyrinthes de ses vies entrecroisées. Elle le croyait ; elle l'espérait, même, tout en commençant à penser que, par sa quête de vérité, Cécile allait devenir son ennemie.

*

Valentine était sa propre pire ennemie et ne le savait pas encore. À force de refuser la vérité, elle nierait jusqu'à son propre droit au bonheur. En cela, elle était comme la plupart des humains, pas assez lucides pour admettre que la vie n'est qu'un simple jeu et qu'il ne valait pas la peine d'y sacrifier sa bonne humeur.

*

*   *

Ce soir du 20 juin 1989, la télévision expose le détail du programme des festivités de juillet pour la commémoration du bicentenaire de la Révolution. La nuit est profonde. Montverche dort, silencieux.

Le mystérieux commanditaire sera là dans moins d'un mois. Le travail avance. Les pages de garde ont été décorées. Les tranchefiles, brodées. Les cuirs, choisis. Les feuillets attendent d'être réparés et recousus. Tout sera prêt à l'heure.

Valentine relit pour la dixième fois ce passage où Proust explique que nommer une chose revient à la réduire à une dimension dérisoire, à la mutiler. Que la vérité d'un objet ou d'un être gît bien au-delà du corset de son nom. Elle voit là comme une explication supplémentaire des mensonges de son père : il avait eu besoin de davantage qu'un seul nom pour se désigner lui-même, et s'était servi de mensonges pour trouver asile dans d'autres univers, d'autres destins.

Comme Antoine, au fond, Raoul ment parce qu'il n'aime pas son histoire. Il déteste son apparence physique, son cou de taureau, son regard de myope, sa voix trop basse et jusqu'à son nom. Peut-être aussi se trouve-t-il maintenant trop vieux et a-t-il senti qu'il aura dorénavant besoin d'autre chose que de mots pour séduire les femmes, qu'elles lui feront désormais seulement la grâce de le laisser leur plaire, et qu'il ne pourra plus se vanter, lui, de les avoir séduites. Il doit commencer à penser à se préparer à une retraite de chasseur. Mais, à la différence d'Antoine, il utilise aussi le mensonge comme une façon de se préparer un autre avenir, de l'espérer et le faire advenir. Il est sa propre cartomancienne.

Antoine mentait au passé. Raoul, lui, mentait au futur.

*

* *

À la veille du premier tour du scrutin présidentiel de 1981, un peu moins de deux mois après le concert donné à l'abbaye de La Courroye, Raoul proposa à Valentine de l'accompagner à Paris le soir même pour la première présentation à la presse de *La Folie du monde*, organisée conjointement par sa propre maison de production, Globefilms, et par le distributeur. Elle sourit, accepta, tout en se demandant comment il lui annoncerait au dernier moment que tout était remis et comment il avouerait que le film n'existait pas plus que les précédents. Elle s'étonna qu'il ne lui suggérât pas, comme d'habitude, de ne pas se déranger, de se reposer, de l'abandonner à ses fastidieuses corvées, au contraire, il la pressa de se préparer à partir. Elle s'inquiéta de le voir s'embarquer ainsi beaucoup plus loin qu'à l'ordinaire dans un de ses intenables mensonges.

Tout en conduisant rageusement, il n'arrêta pas de parler de l'avenir : quand il serait enfin reconnu comme un grand producteur, à la fois soucieux de qualité et capable de faire gagner de l'argent à ses associés, quand Globefilms serait prospère et que les soucis matériels cesseraient de le forcer à vivre à Paris comme un nomade, dans un immonde studio de la rue Daunou où il n'avait jamais voulu qu'elle mît les pieds, il achèterait un vaste pied-à-terre, rue du Bac, où elle pourrait le rejoindre quand ils viendraient assister aux très nombreux spectacles auxquels ils seraient conviés. Il revendrait Globefilms à une major américaine et aménagerait une bastide en Haute-Provence, sur une colline dominant le Lubéron. Il y travaillerait sans relâche aux pamphlets lucides et dévastateurs qui feraient sa gloire, parce qu'ils bouleverseraient le champ des idéologies en Europe. En même temps, pour se distraire, il écrirait des scénarios, du théâtre. Tout Paris, Hollywood, Londres, tout le milieu artistique, intellectuel et politique d'Europe et d'Amérique viendrait le consulter.

Une fois de plus, Valentine l'écouta énoncer ce qu'il aurait tant aimé avoir le courage d'entreprendre. Comme pour tenter de vivre à la hauteur de ses idées. Comme si le carnaval de ses rêves pouvait conjurer la pénitence de ses échecs. Mais, n'y réussissant jamais, aucun de ses discours n'étant jamais parvenu à créer du réel, il continuait de vivre d'un côté et de parler d'un autre, sans cesser pour autant d'espérer que les deux finissent un jour par se rejoindre.

Elle l'aimait pour cela : parce qu'elle savait qu'il n'était, au fond de lui, pas dupe de ses vagabondages et de ses déchéances, et qu'il avait besoin d'elle, au cœur de nuits trop rares, pour tolérer le mépris qu'il se portait à lui-même.

On approchait de Paris. Elle s'étonna. Elle avait pensé qu'il se servirait de l'incertitude inattendue planant sur le résultat des élections pour lui annoncer que tout avait été annulé. Elle aurait trouvé l'excuse légitime : ces temps-ci, les Français avaient bien autre chose en tête que de se précipiter dans les salles obscures pour assister à la représentation du spectacle d'une défaite française oubliée depuis plus d'un demi-millénaire. Elle aurait parfaitement pu feindre d'être dupe sans qu'il eût à se sentir humilié par un échec de plus. Que faisaient-ils là, tous les deux, sur la route de Paris, fonçant vers la projection impossible d'un film imaginaire ?

Il ne disait toujours rien, chantonnait, blaguait, promettait, consultait sa montre, s'inquiétant des sondages qui, annonçant la probable défaite de son ami Giscard, menaçaient de nuire au retentissement de la première de son film à laquelle le président sortant avait promis d'assister au lendemain de sa triomphale réélection.

Tandis qu'ils traversaient la banlieue sud de Paris, elle guettait toujours l'instant où il allait se décider à lui annoncer que tout était reporté, qu'ils allaient seulement aller dîner dans un de ces restaurants à la mode dont il lui parlait souvent, puis qu'ils rentreraient. Elle préparait sa réponse : légère, désinvolte, compréhensive.

Mais rien ne venait.

Elle se prit à se demander si, après tout, il n'avait pas enfin réussi à concrétiser un de ses projets. Mais non, pas lui, pas ça : impossible ! Pourtant, le mensonge prenait une telle consistance, il était si proche d'une collision avec le réel qu'elle se prit à récapituler une à une les raisons, irréfutables, pour lesquelles Raoul était manifestement incapable de mener à bien une superproduction sur Azincourt. Alors, confortée dans ses certitudes, elle le regarda en coin. Il semblait mal à l'aise et ne cessait de consulter sa montre. Il desserra le col de sa chemise. Il tremblait, soufflait, transpirait. Elle s'en voulut d'avoir seulement pensé que ce projet pouvait avoir le moindre commencement de réalité.

En quittant l'autoroute du Sud, ils débouchèrent sur le boulevard périphérique par la porte d'Orléans. Ils entrèrent dans Paris sans que Raoul eût encore trouvé la force de lui avouer la vérité. Elle pensa qu'elle ne pouvait le laisser plus longtemps dans ce pétrin, qu'elle devait lui venir en aide. Elle hasarda que sortir un tel film en pleine campagne électorale était peut-être une gageure trop risquée et qu'il eût sans doute été plus raisonnable de retarder le lancement de quelques mois. Il faillit parler, scruta à nouveau sa montre, prit un mouchoir pour s'éponger le front, défait, visiblement incapable d'affronter la situation. Elle le plaignit et se garda d'insister. Elle ne trouvait pas le courage de lui dire que ce film n'avait aucune espèce d'importance, qu'ils feraient aussi bien de s'arrêter là, boulevard du Montparnasse, de dîner simplement à la terrasse d'un café et de rentrer tout de suite à Montverche où ils seraient avant une heure du matin.

Pendant qu'ils traversaient la place de la Concorde à vive allure, il s'enferma dans un mutisme buté. Elle commença à s'inquiéter, se demandant comment tout cela allait finir. Elle pensa prétexter à son tour un malaise pour le prier de rentrer d'urgence, mais elle n'osa affronter sa réaction.

Ils longèrent le parc Monceau en remontant vers la place Clichy. Il tourna à gauche dans une rue étroite, ralentit et se rangea près de l'entrée d'une impasse où, annonça-t-il, plus fébrile que jamais, se trouvait la salle de projection privée d'un distributeur important. Elle n'osa sortir de la voiture. Il lui cria de se dépêcher, ils allaient être en retard. Ils pénétrèrent dans une cour pavée. Au fond, devant l'entrée d'un petit hôtel particulier, deux jeunes femmes vêtues de rouge et de blanc distribuaient des dossiers bariolés aux quelques personnes qui attendaient pour entrer. Raoul en prit un pour lui-même et, sans attendre, franchit le seuil. L'hôtesse tendit un autre document à Valen-

tine. Elle le prit et lut, inscrit en lettres écarlates :
La Folie du monde.

Et au-dessus, en plus petits caractères : Raoul Lentier, producteur, présente.

Elle faillit s'évanouir et s'appuya au mur. Une sorte de nausée, suivie d'une vive douleur au ventre, comme elle n'en avait jamais ressenti depuis la naissance de sa fille, la traversa. Une sueur glacée lui couvrait tout le corps. Elle se reprit et vit Raoul, revenu à sa recherche, lui faire signe de se hâter. Elle réussit à se remettre en marche. Un sombre escalier les conduisit jusqu'au sous-sol où il la poussa devant lui à l'intérieur d'une salle de projection déjà passablement remplie. Circulant d'un rang à l'autre, Raoul présenta Valentine à quelqu'un qu'il désigna comme le metteur en scène. C'était un vieil homme hâve et fripé, aux cheveux sales, rassemblés en catogan, titubant sur place, secoué d'un rire intermittent que relayaient deux créatures dont la compagnie lui semblait absolument indispensable.

La salle commença à s'obscurcir. Les murmures cessèrent. Raoul vint s'asseoir à côté de Valentine et chuchota que le metteur en scène était fin saoul, comme il l'avait été pendant tout le tournage. Dès qu'il s'en était aperçu, il aurait dû le virer et signer le film lui-même, c'eût été plus conforme à la vérité. Mais il l'avait gardé au générique parce que l'autre connaissait tous les critiques, lesquels l'admiraient pour une de ses réalisations de la période « nouvelle vague » qui, bien que n'ayant remporté aucun succès, était considérée comme un film-culte par toute une génération de cinéphiles. Raoul embrassa Valentine dans le cou : « Je suis content que tu sois là. » Elle était trop abasourdie pour répondre.

Les lumières finirent de s'éteindre. L'écran géant s'éclaira. Tout commença dans un grondement de vagues déchaînées par un long travelling au bord d'une falaise, d'où l'on voyait une puissante troupe de cavaliers en armures scruter un horizon noirci par la tempête. En bas, la mer en furie. Au loin, quelques points noirs grossissaient, jusqu'à devenir une formidable armada de galères et de chaloupes chahutées par le roulis, renversées par la bourrasque, se fracassant les unes contre les autres dans les hurlements de terreur des naufragés, à la grande jubilation des cavaliers. Puis vint le générique, ouvert par le nom de Raoul. Et, tout de suite, un enchantement.

Le film était exactement comme il l'avait décrit : le somptueux récit d'une monstrueuse tragédie où l'on voyait la toute-puissance se laisser aveugler par sa propre démesure. Conflit absurde entre les deux chefs de l'armée française, Charles d'Orléans, le sage poète, prêt au dialogue pour assurer une paix durable entre la France et l'Angleterre, et le connétable d'Albret, le baroudeur bravache, dévoré par l'ambition et la haine, décidé à en finir avec les faibles envahisseurs britanniques. Mais aussi une poignante histoire d'amour entre d'Albret et une jeune aristocrate anglaise, lady Winston, qui le poussait au compromis. De grandioses scènes de bataille, des dialogues éblouissants, des comédiens magnifiques. Surtout l'actrice qui jouait le rôle de lady Winston, écartelée entre amour et patrie, entre l'élégance de sa passion et la goujaterie de son amant. Valentine n'avait jamais rien vu de pareil.

Tout au long de la projection, elle ne cessa d'être émerveillée, transportée par la force de la tragédie, seulement déconcertée par le départ furtif, au bout d'une demi-heure, de plusieurs spectateurs. Elle se désola de voir le puissant, aveuglé, refuser d'assurer sa victoire en respectant l'honneur du vaincu et décider, pour ne laisser à ce dernier aucune parcelle d'avenir, de prendre le risque de tout perdre. Il lui sembla entendre dans la bouche d'Albret des sentences définitives sur l'avenir du monde que Raoul lui avait souvent assenées. Et, dans certaines plaintes de lady Winston, elle reconnut des expressions qui lui étaient familières.

Elle s'était donc trompée sur Raoul, comme elle s'était trompée sur son père. Ou plutôt de manière inverse : cette fois, elle avait pris le plus sincère des hommes pour un menteur. Raoul ne pouvait plus être considéré comme un mythomane, il ne le serait jamais plus, quoi qu'il advînt. Il avait vraiment réalisé un de ses projets. Elle s'en voulait de ne pas l'avoir aidé davantage. Elle pensait qu'elle n'aurait pas assez du reste de sa vie pour se faire pardonner d'avoir douté de lui. Elle lui serra très fort la main. Il se dégagea, nerveux.

Puis elle s'inquiéta de trouver la fin du film un peu lente, de perdre le fil d'un dialogue où lui manquaient certaines références historiques, de ne plus comprendre qui trahissait qui et pourquoi, de ne pas toujours distinguer entre les armées anglaise et française, de ne pas prendre plaisir aux scènes de massacres indéfiniment répétées, aux râles des hommes transpercés par les épées, piétinés par les chevaux, cloués par les flèches, fracassés par les vouges, ébouillantés par les catapultes.

Mais non, tout cela était sûrement l'effet de sa seule ignorance. Elle n'allait jamais au cinéma, elle était incapable de juger d'un film. Celui-là était à l'évidence un chef-d'œuvre.

Quand, au bout de trois heures et quart, la lumière revint sur l'image déchirante de lady Winston et d'Orléans enchaînés, Valentine fut honteuse, devant l'étonnement narquois des autres spectateurs, d'être la seule à applaudir. Raoul lui lança un petit sourire contraint, lui murmurant d'aller l'attendre au Royal Monceau où il avait réservé une chambre. Il l'y rejoindrait plus tard. Il devait rester encore quelques instants pour s'entretenir avec les journalistes et les distributeurs. Qu'elle ne s'inquiète pas : ce ne serait pas long. Il serait revenu avant qu'elle ne s'endorme.

Cette nuit-là, seule dans l'immense suite où un valet et deux bagagistes l'avaient conduite, Valentine se sentit de nouveau mal à l'aise, oppressée. Elle faillit s'évanouir, pleura. Elle éprouvait la même douleur au ventre que l'après-midi. Elle ouvrit la bouteille de champagne qu'on venait de livrer, en but la moitié et ne put s'empêcher d'avaler deux tablettes de chocolat ; puis elle dut se précipiter dans la salle de bains pour vomir.

L'idée l'effleura qu'elle pouvait être à nouveau enceinte. Depuis la naissance de Sarah, elle l'espérait. Mais pas là, pas comme ça ! Pas après Frédéric...

Elle paniqua : non, ce n'était pas possible, pas maintenant, elle le savait bien ! C'était l'émotion, le voyage, Paris, le film qui lui troublaient les sens.

Bien plus tard, elle réussit à chasser cette idée absurde en pensant intensément à Sarah. Elle était pressée de rentrer.

Quand Raoul revint, à l'aube, de fort mauvaise humeur, puant l'alcool et le tabac, Valentine avait déjà fait leurs bagages et l'attendait, assise sur le lit qu'elle n'avait pas défait. Elle le supplia de ren-

trer sur-le-champ. Raoul approuva chaleureuse-
ment, demanda juste cinq minutes pour recouvrer
ses esprits. Il avait, disait-il, du recul à prendre
après ce qu'il venait d'entendre. Elle ne sut pas ce
qu'il avait voulu dire, car il s'effondra sur le canapé
et se mit à ronfler.

En rentrant à Montverche, bien plus tard dans
la journée, elle l'écouta pester contre la bêtise de
ces quelques journalistes, certes tout à fait mino-
ritaires, qui n'avaient rien compris au film et bave-
raient dessus dans leurs feuilles. Ces crétins pre-
naient pour de la lenteur ce qui était volonté
délibérée de retrouver le rythme exact de l'époque.
« Une esthétique réaliste du temps », voilà ce que
c'était ! Il avait essayé de leur glisser ce concept,
mais autant offrir des fraises à un cochon, un
roman de Proust à un analphabète. De toute façon,
il avait eu tort d'organiser cette projection de
presse, il n'aurait pas dû suivre l'avis du distributeur, cela ne servait à rien. Les critiques n'étaient
que des incapables qui se croyaient aptes à juger
ce qu'ils auraient été bien en peine de concevoir
eux-mêmes. D'ailleurs, si l'un ou l'autre de ces
moustiques venaient à l'embêter sérieusement, il se
promettait de publier les vieilles lettres par lesquelles ils le suppliaient de produire leurs propres
scénarios, tous aussi médiocres que prétentieux. Ça

sert toujours de garder ses réflexes de militant clandestin et de tenir à jour des archives !

Un peu plus tard, en approchant d'Auxerre, il concéda qu'il avait eu tort de ne pas avoir accueilli ces scribouilleurs avec plus d'égards quand ils avaient sollicité son aide. Sa franchise risquait à présent de lui coûter cher. Mais on ne se refait pas : il ne savait pas mentir.

Au bout de cent cinquante kilomètres avalés à grande vitesse, toutes fenêtres ouvertes pour se réveiller, Raoul avait recouvré sa superbe. Après tout, les mauvaises critiques n'avaient jamais eu le moindre impact sur la carrière d'un film. Il suffisait parfois de quelques invitations à déjeuner, au bon moment, au bon endroit, pour changer le point de vue de ces vaniteux. L'essentiel était que la première fût un triomphe. Et il avait tout prévu pour qu'elle le soit. Il n'avait pas lésiné sur les moyens. Il avait déjà réservé la salle du *Rex* pour le 7 juin. La presse serait obligée d'en rendre compte. Elle ne pourrait cacher que c'était l'événement culturel de la saison. Car cela le serait ! D'abord parce qu'au lendemain de sa réélection, son copain Giscard viendrait, il le lui avait promis, présider la soirée ; le tout-Paris serait là. Les plus grandes stars avaient confirmé. Certains téléphonaient déjà pour s'étonner de ne pas avoir encore reçu leur carton. Il les enverrait au tout dernier moment. Dans moins de six semaines. Cela lui laissait assez de temps pour tout préparer. Peut-être demanderait-il au réalisateur de faire encore quelques coupes ? L'autre n'en voulait pas, mais était incapable de juger des impératifs commerciaux. Raoul l'exigerait et les ferait lui-même si l'autre ivrogne renâclait trop. Trois heures de travail, pas davantage. Il savait ce qu'il y avait à raccourcir. De toute façon, cela ne pourrait faire que du bien au film. Comme l'avait écrit un jour Félicien Marceau (à moins que ce ne fût Orson Welles), « on n'a jamais vu siffler une coupure » ! Le film serait de toute façon un formidable succès commercial, les distributeurs avaient toute confiance. Certes, le 7 juin, c'était un peu tard dans la saison pour sortir une œuvre aussi ambitieuse. Mais il ne pouvait faire mieux. Avant, il y avait Cannes ; après, il y avait les vacances. Au reste, le film serait à l'affiche tout l'été et on relancerait une campagne de pub au mois de septembre. En octobre, quand viendrait le moment des nominations pour les Oscars...

Pendant qu'il parlait, intarissable, Valentine avait du mal à maîtriser les nausées qui l'envahissaient. Aux deux-tiers du chemin, n'y pouvant tenir, prétextant une migraine, elle lui demanda de ralentir. Un peu plus loin, elle le supplia de s'arrêter à la première station-service. Elle se précipita pour vomir.

Dès leur arrivée à Montverche, elle s'esquiva pour acheter un test de grossesse à la pharmacie. Pétrifiée par le résultat positif, elle fit et refit ses calculs, d'où il ressortait qu'elle ne pouvait avoir été mise enceinte avant le samedi 28 février. Sa nuit avec Frédéric remontait alors à six jours ; elle ne courait donc pas le moindre danger que ce fût de lui. Mais, bientôt, les doutes la reprirent. Comment être sûre ? En parler au docteur Lucas ? Impossible : il jouait parfois au bridge avec Raoul, et passait le plus clair des parties à dévoiler les petits secrets de ses patientes.

À l'aube, sans prévenir Raoul qui ronflait encore après avoir beaucoup téléphoné et bu dans la soirée, Valentine confia Sarah à Rosalie et roula vers l'hôpital de Dijon. Elle serait de retour avant le dîner et, si Raoul lui demandait des explications, ce qui était peu vraisemblable, elle lui raconterait qu'elle avait dû aller acheter des fournitures destinées à ses reliures. En tout cas, elle essaierait de lui faire avaler ça. Bien moins difficile que de lui cacher... lui faire croire...

Elle songea à son père. De lui, elle avait retenu que le menteur vit toujours en contrebande, aux aguets. Cette idée d'être sans cesse habitée par la peur d'être démasquée lui était insupportable. Que lui aurait-il conseillé, lui qui jugeait si bien de ce qu'il était permis de taire ou de travestir ? Elle pensa intensément à lui... Rarement il lui avait autant manqué.

Avant même qu'elle eût affiché son embarras en bégayant la seule question qui motivait sa présence, le professeur Leglois avait compris ce qui l'amenait. Il la fixa d'un air sévère, l'examina longuement, regarda distraitement les quelques résultats d'analyses qu'elle avait apportés, l'interrogea sur les conditions de la naissance de Sarah et la rassura : si c'était tout ce qu'elle désirait savoir, elle se portait très bien, sa grossesse se passerait tout à fait normalement. Le bébé naîtrait au mois de novembre : un petit Scorpion. Elle devrait se reposer un peu, rien de plus. Ah, et puis, ajouta-t-il avec un sourire entendu, en réponse à une question esquissée d'une voix presque inaudible : puisque ce détail paraissait revêtir de l'importance pour elle, non, elle n'avait pu concevoir cet enfant avant le samedi 28 février.

Sortie de l'hôpital, elle reprit la route, euphorique. Avant d'atteindre l'entrée de l'autoroute, elle s'arrêta dans le premier bar venu. Des routiers la regardèrent, stupéfaits puis goguenards, s'installer au comptoir pour siffler d'un trait deux verres de sancerre blanc.

Décidément, tout irait bien désormais : avec ce nouvel enfant, son couple retrouverait sa raison d'être. Raoul viendrait plus souvent à Montverche.

Le succès de son premier film lui donnerait les moyens d'en tourner d'autres. Elle ne douterait plus de lui. S'il le voulait bien, elle l'accompagnerait désormais partout. Sarah elle-même n'aurait plus aucune raison de trembler et de crier. La petite fille guérirait avec la venue au monde d'un frère. Car elle n'avait pas le moindre doute : c'était un garçon qu'elle attendait. Elle aurait tant voulu que son père fût là pour le voir !

Elle roula vite, pressée de retrouver Raoul, de lui annoncer la nouvelle, de se blottir dans ses bras. Juste avant d'arriver à l'ultime descente avant Montverche, elle dérapa dans un virage, prit peur, ralentit, se rangea au bord de la route, reprit son souffle. Il faisait beau, le printemps était léger. Elle sourit : mourir maintenant eût été du dernier mauvais goût.

Dès qu'elle aurait prévenu Raoul, elle appellerait Louise, puis Cécile, pour leur annoncer la bonne nouvelle sans leur faire partager ses craintes absurdes. Ça, c'était oublié ! Elle n'y penserait plus. Sauf, peut-être, bien plus tard, pour se moquer d'elle-même.

Sitôt arrivée au Château Claudial, elle se précipita, cherchant Raoul. Mais il était reparti pour un voyage qu'il n'avait pas estimé utile, cette fois, de justifier. « Un bon menteur ne donne jamais de détails », avait-il dit un soir aux Lucas, venus dîner.

Elle entendit crier Sarah dans sa chambre. Rosalie était avec elle et tentait de la calmer en la berçant. En vain. L'enfant avait encore passé une mauvaise journée, secouée par les mêmes inexplicables tremblements. La jeune fille lui décrivit les spasmes de la petite malade avec des mots simples, désarmés, qui rendaient les symptômes encore plus terrifiants. Sarah pleurait plus encore depuis que sa mère était là. Valentine la prit dans ses bras sans réussir davantage à l'apaiser. Cette fois, c'était trop. Il ne pouvait s'agir de pleurs et de plaintes sans cause. Il fallait agir. Elle n'avait que trop attendu. Sarah avait dix-huit mois et exprimait plus que de la colère : une vraie souffrance. Le sol, de nouveau, se dérobait sous ses pieds. Sarah, sa petite Sarah, son enfant adorée, martyrisée, foudroyée, la suppliait du fond de sa douleur, semblait demander, de ses grands yeux hagards, quel crime justifiait la peine qu'elle endurait. Valentine aurait tant aimé prendre sur elle cette souffrance ! Cela devait être possible. Après tout, Sarah était issue d'elle... Elle allait d'ailleurs lui donner un frère. Lui seul saurait la calmer. Qu'il vienne vite !

Elle appela le docteur Lucas. Une fois de plus, celui-ci la rassura : ce genre de tremblements nerveux survenaient chez beaucoup d'enfants. Il en voyait des cas tous les jours. C'était spectaculaire et impressionnant, mais il n'y avait aucune raison de s'inquiéter. Sarah mangeait bien, son poids et sa taille s'inscrivaient dans une honnête moyenne. Bien sûr, si ces symptômes persistaient encore un an, il serait temps de procéder à des examens plus approfondis.

Raoul téléphona dans la nuit. Il était à Paris où il avait dû retourner d'urgence pour procéder lui-même à l'ultime révision du montage de son film. Avec quinze minutes de moins, celui-ci trouvait comme une sorte de grâce. Même les plus obtus des critiques ne pourraient faire autrement que se joindre aux louanges générales. À condition d'être honnêtes, ce qui, pour la plupart d'entre eux, était peu vraisemblable. Il n'avait pas d'illusions.

Elle raccrocha sans lui avoir rien annoncé. Impossible, par téléphone. Seule à nouveau dans la nuit de Montverche avec les cris de Sarah, Valentine retrouva sa lassitude, ses angoisses, ses doutes. Et s'il n'était pas de... ? Elle ne put s'endormir, rabâchant sans cesse, dans la nuit déchirée par les gémissements de la fillette, les hypothèses, les circonstances, les cycles, les périodes. Elle mêlait les souffrances de Sarah, le plaisir de sa nuit avec Frédéric avec la peur de ses conséquences, sans plus savoir si ce plaisir résultait de sa peur ou si cette peur participait du plaisir qu'elle avait ressenti.

Une boule de plomb fondu était entrée dans son cerveau et n'en sortirait plus.

Les journées suivantes passèrent en allers et retours entre les attitudes les plus contradictoires. Tantôt elle penchait pour en finir et prenait des renseignements sur la façon la plus discrète d'avorter. Tantôt elle ne pouvait se décider à priver Sarah d'un frère qui pourrait la soulager, quel qu'en fût le père. Faire part de ses doutes à Raoul ? Elle ne pourrait jamais. Pourquoi lui causer de la peine ?

Jamais, en tout cas, elle n'osa penser à affronter Frédéric.

Le dimanche précédant le premier tour des élections présidentielles, elle se décida à se confier à Louise et appela la rue Maître-Albert. Mais Blandine lui annonça que sa colocataire venait de partir pour Florence : un voyage d'études organisé par son professeur adoré. Elle rentrerait le samedi suivant et repartirait dès le lendemain à Montverche pour voter.

Valentine raccrocha et appela Cécile qui, elle non plus, n'était pas chez elle. Jean-Noël lui apprit que sa mère avait dû partir d'urgence pour Paris afin de vérifier certains papiers, avait-elle dit. Il n'en savait pas davantage.

Cloîtrée dans sa solitude, ivre de doutes, sans même se rendre compte de ce qu'elle faisait, Valentine appela *France-Soir*. Elle demanda Frédéric et raccrocha juste avant d'entendre sa voix.

Quand Raoul revint trois jours plus tard, Valentine avait décidé de lui annoncer son état et de chasser Frédéric de son esprit.

*

Si, à cet instant, elle avait pu ne pas mentir, s'affirmer et vivre enfin comme une femme libre, hors des conventions auxquelles elle croyait devoir se plier, tout aurait été bien différent. Elle aurait délivré son passé en même temps que son avenir. Mais elle aimait trop sa prison pour oser même imaginer en sortir.

*

Elle convia Raoul à dîner à l'hôtel de la Vénerie parce qu'elle s'y sentait une cliente anonyme. Elle ne se voyait pas lui faire part de sa grossesse dans la solitude de la maison Claudial, ni aux Trois Horloges où Éric Ledaim n'aurait cessé de leur faire la conversation. Elle préférait cet endroit empli de gens qui, par leur seule présence, leur seule gaieté, atténuerait un peu la terreur qu'elle ressentait. Et puis c'était dans cette même salle, à trois tables de là, qu'elle avait dîné deux mois plus tôt avec Frédéric. Se retrouver là, s'y revoir l'incitait à revenir vers son mari, comme par défi à l'égard d'elle-même, comme si tout le reste n'avait pas eu lieu.

La rumeur des conversations, qu'elle imaginait toutes brillantes, l'enfonçait davantage encore dans la médiocrité de sa propre situation. Pour se donner contenance, se préparer à ce qu'elle n'osait encore lui avouer, elle expliqua à Raoul que, depuis qu'elle était toute petite, elle surveillait ce qui se passait dans la salle à manger du restaurant de sa mère ; et qu'elle s'était toujours demandée de quoi parlaient les gens dans les restaurants. Maintenant, elle savait que ce n'était pas très intéressant, juste des propos aigres-doux à propos de factures à payer et d'adolescents insupportables. Elle ajouta : sans compter toutes sortes de fausses bonnes nouvelles.

Il haussa les épaules. Décidément, elle manquait d'imagination ! Dans les restaurants, quiconque savait écouter aux tables voisines (lui-même savait parfaitement le faire sans que personne s'en aperçût) pouvait pêcher des trésors d'intelligence, d'à-propos, d'humour, des tragédies en un acte, des disputes homériques, des serments d'anthologie, des destins foudroyés, des aveux abjects, des passions surgies ou perdues à jamais, des amours anéantis, des monstruosités, des bijoux de perversité qui valaient mille fois mieux que tout ce que pouvait offrir la littérature. Lui-même ne se gênait d'ailleurs pas pour en nourrir ses propres scénarios.

Elle se demanda s'il y avait là quelque allusion à leur propre couple et, pour se donner contenance, elle protesta : non, elle ne pouvait se résoudre à l'idée que la littérature fût concurrencée, voire menacée par la conversation.

Pendant ce temps, il s'était remis à lui parler de son film, de la sortie grandiose qu'il préparait.

Comment ne lisait-il pas dans ses yeux qu'elle était ailleurs, qu'elle n'écoutait pas, que l'angoisse la dévorait ? Souvent elle s'était demandée comment elle parvenait si bien à feindre l'attention. C'était une des rares formes de mensonge qu'elle s'autorisât et où elle se reconnût experte : ne point écouter sans se laisser trahir par un regard trop vague. Elle se prit à le fixer en se répétant en elle-même : « Je ne t'écoute pas ; je pense à autre chose. Comment ne te rends-tu pas compte que je ne t'écoute pas ? » Raoul ne réagissait toujours pas. Décidément, la vie de son mari n'était qu'une juxtaposition de monologues, tout comme l'amour n'avait été pour elle – en tout cas, c'était ce qu'elle pensait avant de rencontrer Frédéric – que la juxtaposition de deux plaisirs solitaires.

Mais elle ne lui en voulait pas de ne rien voir, de ne rien deviner. Elle le savait ainsi depuis le tout premier jour. C'était même son aptitude à se suffire à lui-même, à n'avoir besoin de personne, qui l'avait attirée. Elle l'avait aimé parce qu'il ne paraissait pas avoir besoin qu'on l'aime. Parce qu'elle s'était juré de réussir à lui être indispensable. En cela elle avait échoué. Plus que jamais, maintenant, il vivait par et pour lui-même.

Occupé à se remémorer la liste de tous ses invités à la première, il ne l'avait même pas entendue se plaindre de malaises. Il y aurait d'abord les membres du gouvernement de Raymond Barre qui allait être reconduit à Matignon après les élections, ainsi qu'on le lui avait confié à l'Élysée. Et toutes les stars de Paris, cinq chefs d'État étrangers, à commencer par la reine d'Angleterre et Margaret Thatcher, c'était bien le moins. Puis il se rassurait sur l'avenir commercial du film : après tout, il racontait la naissance de la France moderne, ce qui ne pourrait que plaire au grand public au lendemain de la réélection d'un président libéral, dynamique, en accord avec son temps. Il concéda être vague-ment inquiet de voir les sondages ne plus exclure une victoire de François Mitterrand. Mais lui n'y croyait pas. Les Français n'étaient pas si bêtes. Ni aussi amnésiques. De toute façon, même dans cette hypothèse hautement improbable, la sortie du film

coïnciderait avec un renouvellement des élites diri-
geantes françaises. Exactement comme ce qui avait
eu lieu après Azincourt. Et puis, le titre était
habile : il convenait à toutes les conjonctures.
L'agence de publicité avait d'ailleurs proposé
comme thème de la campagne qui commencerait
dès le lendemain du second tour : « Après la victoire, la plus belle des batailles ! » Finalement, s'il
avait pu choisir, dans l'absolu, le moment le plus
propice pour la sortie de son film, il n'aurait pu
mieux décider.

*

*   *

Aujourd'hui, 1ᵉʳ juillet 1989, assise devant sa
table de reliure, parcourant un à un les feuillets
défaits, elle tombe sur la description par Marcel
Proust d'un dîner à l'auberge de Bellerive qui lui
fait repenser à ce repas pris huit ans plus tôt à
l'hôtel de La Courroye : « À chaque table, les
dîneurs n'ont d'yeux que pour les tables où ils ne
sont pas. » C'était exactement le cas. Tous les
dîneurs, sauf Raoul, lequel n'avait d'yeux que pour
lui-même.

*

*   *

Quand le garçon s'approcha pour prendre la commande, elle sentit son malaise grandir. Elle avait trop chaud. Elle devait transpirer. Elle imaginait que Raoul avait enfin deviné son trouble, que le serveur et tous les clients ne regardaient qu'elle. On ne parvient pas à cacher longtemps une grossesse. Sur l'essentiel, les femmes ne peuvent mentir.

Raoul finissait de lui expliquer pour la centième fois comment la victoire de Giscard allait permettre de se débarrasser de cette pourriture de Mitterrand et des ultimes remugles de la Quatrième pour reconstruire la gauche sur des bases révolutionnaires. Et puis, ce serait de meilleur augure pour ses affaires. Son film marcherait mieux si Giscard était réélu. L'idéologie et le commerce marchaient main dans la main. Heureuse conjonction. Et il répéta ce qu'il allait faire de sa fortune. Excédée, furieuse contre elle-même et contre lui, elle s'entendit lui demander s'il trouvait du plaisir à mentir. Depuis plus de trois ans qu'ils vivaient ensemble, c'était la première fois qu'elle osait.

Il parut un instant surpris comme par une énorme incongruité. Pourtant, il ne protesta pas et sembla même trouver la question intéressante, digne en tout cas d'une bonne joute intellectuelle. Il posa ses couverts et expliqua que, dans les très rares occasions où il avait été obligé d'en venir à

d'aussi pénibles extrémités (mentir, quelle mes-
quinerie !), cela n'avait provoqué chez lui aucune
souffrance particulière. Non, aucune. Il en était sûr.
D'ailleurs, pour le vérifier, il s'était inventé une
gymnastique salutaire...

Raoul regarda brusquement Valentine droit dans
les yeux.

Une gymnastique qu'il lui recommandait au cas
où le mensonge lui deviendrait un jour nécessaire.

Elle frissonna. Et regretta son audace.

Il continua : c'était un exercice difficile ; parce
qu'il exigeait d'aller loin en soi-même et qu'en
général, personne n'aimait ça. Un exercice à exé-
cuter tous les matins ; en tout cas, chaque fois que
le mensonge venait à menacer sa tranquillité intérieure. Il la fixa en souriant : cela lui était-il arrivé
de mentir ? Il n'attendit pas la réponse et enchaîna,
mimant ses explications en s'aidant de son assiette :
se placer face à un miroir et fixer son propre reflet
pendant une minute au moins, peut-être deux, les
yeux dans les yeux. Se regarder vraiment. À fond,
sérieusement, pas comme les femmes qui se
maquillent ou les hommes qui se rasent : ceux-là
ne se voient pas, ils ne s'intéressent qu'à leur épi-
derme ; ils ne sondent pas leur âme ; ils restent
dans la banlieue d'eux-mêmes. Ils sont aussi mal
à l'aise devant leur image que devant un mort.
Peut-être parce qu'ils devinent qu'ils sont déjà

morts ? Chez ces gens-là, rien n'a vraiment d'existence. Ils ont peur d'eux-mêmes, ils ne s'aiment pas, parce qu'ils portent un mensonge trop lourd pour eux... Tout le monde devrait se livrer à ce genre de travail. Tous les jours. De toute façon, continua-t-il en reposant l'assiette qui lui avait tenu lieu de miroir, tout le monde porte des secrets, personne n'en est exempt, il serait absurde de l'espérer. Il n'y a pas de vie sans secrets. Il n'y a pas même d'héroïsme ou de sainteté sans mensonges, car le vrai courage est de mentir jusque sous la torture ou sur le bûcher. Aux yeux de Raoul, le monde se divisait en menteurs fiers de l'être et en menteurs honteux. Et lui, Raoul Lentier, savait pertinemment détecter les seconds. Ces gens-là, exposait-il en la fixant, ne peuvent même supporter l'idée de se deviner dans l'œil d'autrui, le plus implacable des miroirs. Alors ils évitent même de regarder qui que ce soit en face. Lui-même pouvait ainsi parfaitement deviner quand quelqu'un était mal à l'aise avec ses mensonges. Il le repérait à son incapacité à épier son reflet dans l'œil des autres. C'était une qualité utile en société.

Valentine n'osait plus le regarder. Elle cherchait désespérément un endroit ou un objet sur lequel porter son attention : la nappe, son verre, les serveurs qui passaient. Mais elle n'y parvenait pas. Raoul agissait sur elle comme un aimant. Elle aperçut dans son regard comme un éclair de haine. Avait-il deviné ? Non, ce n'était pas possible. Personne ne pouvait. Jamais Raoul n'avait eu la moindre idée de l'existence de Frédéric. Encore moins de la nuit passée avec lui. Il ne pouvait rien savoir. Pourtant... Et si quelqu'un l'avait vue dîner là en tête à tête avec Frédéric et avait rapporté la scène à Raoul ? Et si on l'avait vue monter dans la chambre du journaliste ou en redescendre à l'aube ? Et si Raoul était beaucoup plus clairvoyant qu'il n'y paraissait ? Brusquement, elle eut l'impression qu'elle n'avait jamais rien compris à cet homme. Qu'il n'avait jamais été un mythomane, en rien, à aucun moment, mais toujours, au contraire, un manipulateur parfaitement lucide.

Il ne sembla pas remarquer son trouble et continua : en tout cas, ce petit exercice matinal le confirmait dans la passion qu'il nourrissait pour lui-même. Car il n'était pas, lui, comme ces gens qui mentent par peur, pour fuir, pour ne pas affronter les conséquences de leurs actes. Non, lui, Raoul, s'il lui arrivait de recourir au mensonge − ce qui, il voulait bien le reconnaître, constituait une hypothèse amusante, une conjecture intéressante −, si donc il lui advenait de biaiser, de broder, de baratiner, c'était on ne peut plus sciemment, pour avoir plusieurs vies et non pour fuir la sienne. Bref, s'il mentait, c'était de face.

Il appela le sommelier afin qu'on remplisse son verre du précieux chablis qu'il avait commandé, il le but d'un trait tout en la fixant, reposa le verre, demanda qu'on le resservît et ajouta sans la quitter des yeux : « La noblesse du mensonge, c'est d'en faire une ruse du rêve. Si j'avais à mentir encore, un jour, ce serait pour cela et pour une série d'autres raisons tout aussi honorables... »

Mais, de toute façon, avait-il enchaîné, tout cela ne pouvait concerner Valentine. Les femmes n'étaient pas des menteuses, Valentine pas plus que les autres. Il leur arrivait parfois de dissimuler, pour mieux séduire, de maquiller, farder la vérité. Rien de sérieux. Les hommes, eux, mentaient en définitive comme ils faisaient tout le reste : par peur de la mort. Ils avaient besoin de collectionner des épisodes, de vivre plusieurs vies à la fois à défaut de pouvoir les vivre l'une après l'autre. Et il n'y avait pas, en tout cas dans nos civilisations, de double vie sans mensonge. Alors que les femmes, elles, n'avaient pas de raison de craindre la mort. Parce qu'elles atteignaient à l'éternité par la maternité.

Il articula très lentement, en allumant un énorme cigare : une femme qui attend un enfant ne peut pas mentir.

Savait-il ? Jouait-il ? Il la fixa comme s'il attendait qu'elle parlât.

Alors elle se lança et lui annonça qu'elle était enceinte.

Il ne cilla pas, comme s'il n'avait pas entendu, se noya dans un dense et abondant nuage de fumée et, avant qu'elle ait eu le temps de proférer un mot de plus, il demanda d'une voix dont la tristesse, l'angoisse, la misère semblaient venir des sources les plus reculées de la sincérité, si elle avait souhaité cet enfant.

La gorge nouée, au bord des larmes, prête à se lever et à prendre la fuite, elle ne réussit plus à articuler un seul mot. Le silence s'installa entre eux deux. Il dura longtemps, jusqu'à ce qu'elle ait le courage de demander l'addition.

Un peu plus tard, en rentrant à la maison Claudial, il murmura qu'il était heureux pour Sarah. Rien de plus. Elle aurait préféré qu'il l'insultât, la menaçât. Il semblait désormais dominer le monde du haut du mensonge des autres.

*

Elle portait en elle une vérité triomphante et s'obstinait à vivre résignée sans partage ni espoir.

*

6

Louise arriva à Montverche le lendemain, jour du scrutin. Avant même que Valentine ait eu le temps de l'interroger, la jeune étudiante lui raconta dans le plus grand détail son escapade en Toscane, avec cette façon inimitable qu'elle avait de se moquer d'elle-même, la pire des poires, la plus gourde des bonnes femmes, un rond de flan devant les mecs dont elle s'amourachait.

Quand, le premier soir florentin, le séduisant professeur avait frappé à la porte de sa chambre, elle s'était précipitée pour lui ouvrir, mais elle avait réalisé que, si elle le faisait entrer, il passerait évidemment cette nuit-là et toutes les suivantes avec elle, et qu'il la considérerait après, de nouveau comme une conquête facile, toujours disponible.

On ne peut rester désirable, expliqua-t-elle, que si l'on sait attiser la jalousie. (Valentine devrait d'ailleurs en prendre de la graine si elle tenait absolument à garder son Raoul.) Louise avait donc refusé de lui ouvrir et, pendant tout le reste du voyage, n'avait pas lâché le bras du plus joli garçon parmi les étudiants du groupe. Ils avaient même ostensiblement faussé compagnie aux autres pour se perdre une après-midi entière dans les rues de Fiesole. Elle ne le regrettait pas : Hugues Daurès en était devenu cinglé et, depuis leur retour à Paris, la veille au matin, il lui avait déjà laissé cinq messages aussi furieux que passionnés sur son répondeur.

La semaine suivante, alors que la France ne parlait que de politique et du face-à-face télévisé qui se préparait entre les deux candidats du second tour, Raoul ne s'intéressa qu'au lancement de son film. Il ne voyait dans la défaite désormais probable du président sortant qu'un ennuyeux contretemps capable de détourner l'attention générale de son grand œuvre. Il craignait aussi que les nouveaux puissants se souviennent des horreurs écrites contre le candidat unique de la gauche dans le journal dirigé par le signataire du scénario. Raoul décida de faire ce qu'il fallait pour rétablir la situation à son avantage.

Dès le lendemain du premier tour, il s'était précipité à Paris pour y faire le siège des nombreux amis qu'il s'était découvert au sein du Parti socialiste. Quand il en égrena les noms à Valentine, elle crut reconnaître ceux de ses ennemis les plus honnis de la veille.

Le soir de la victoire de François Mitterrand, Raoul téléphona, euphorique, à Valentine depuis l'immeuble du Parti socialiste où il était parvenu à s'introduire dans le sillage d'un des membres du comité de soutien au nouvel élu. On lui faisait fête, jubila-t-il. On était surpris et honoré de sa présence. On le savait depuis toujours authentique homme de gauche et on lui avait rapporté que le député de Château-Chinon était impatient de voir son film, dont il s'était enquis à plusieurs reprises durant la campagne. Raoul avait même appris que le président élu, féru d'histoire, considérait Azincourt comme un tournant dans le destin de la France, une défaite cinglante des forces de la réaction, qui avait préparé très en amont les futures avancées de la gauche. Il lui avait d'ailleurs fait demander d'attendre rue de Solférino son retour de Château-Chinon qu'on prévoyait pour une heure du matin. Il pensait à lui pour...

Quarante-huit heures plus tard, Raoul revint à Montverche, boudeur et mal luné, laissant entendre qu'on lui avait proposé d'entrer dans une équipe autour du nouveau ministre de la Culture. C'était mal le connaître, jamais il ne pourrait se faire à l'idée de travailler dans l'ombre d'un autre. Pas même pour ses amis politiques. Au reste, ces gens-là ne respectaient rien : « François » (il prétendait ne l'avoir jamais appelé autrement : ils se connaissaient depuis des lustres et il était un des très rares à le tutoyer) allait dissoudre l'Assemblée ; des élections législatives anticipées allaient avoir lieu juste pour la sortie de son film ! C'était la catastrophe assurée. Comment intéresser l'opinion, lancer une vaste campagne de publicité quand tous les partis se disputaient les temps d'antenne sur le petit écran et rivalisaient dans l'affichage sauvage ? Décidément, la politique, de gauche comme de droite, ne ferait jamais bon ménage avec l'art. Il avait tenté de retarder les élections, n'y était pas parvenu malgré les très puissants appuis dont il disposait, s'était résigné à l'idée d'ajourner la première de son film jusqu'en septembre, mais même cela s'était révélé impossible : tout était lancé, les distributeurs ne pouvaient plus modifier leur programmation. La sortie en salles était maintenue pour le 9 juin, soit deux jours après la première.

Raoul passa ses journées à reprendre et corriger ses listes d'invités. Il fallait convier les nouveaux puissants et désinviter sans précaution particulière les anciens, dont l'ex-ministre de la Défense qui l'avait tant soutenu. Raoul ne ressentait aucune gêne à le faire. Sa capacité à mentir épaulait sa muflerie. « François » n'avait pas encore répondu à son invitation, mais viendrait sûrement. Un ministre avait déjà fait appeler sept fois par sa femme pour être assis à côté du président. Le Premier ministre et au moins six membres du nouveau gouvernement en seraient également.

La grossesse de Valentine ne semblait pas du tout le concerner. À aucun moment il ne prit de ses nouvelles. C'était entre eux comme un non-dit. Il semblait seulement un peu plus proche de Sarah, lui racontant de vieilles histoires de vampires farceurs, d'ours patineurs, de pachydermes empotés qui la faisaient rire aux éclats et la distrayaient de ses tremblements et convulsions de plus en plus fréquents.

À la fin de la semaine, il repartit pour Paris, donnant rendez-vous à Valentine pour la première à laquelle elle était naturellement conviée.

Le 7 juin 1981, prise dans la cohue des invités, Valentine arriva en retard au *Rex* où se bousculaient cameramen et starlettes, ministres et conseillers, journalistes et intellectuels, tous gens de cour et de paraître, plus soucieux de se montrer que de voir, impatients de participer au premier événement culturalo-mondain du nouveau régime. Tout à ses nouveaux amis, Raoul ne s'occupa guère de Valentine, la confiant à un type qu'il lui présenta comme un de ses amis les plus intimes, directeur de cabinet du nouveau ministre de la Culture et qui n'était en fait que son garde du corps.

Elle crut apercevoir Frédéric.

À l'issue de la projection, on entendit des applaudissements assez épars, que Raoul trouva frénétiques.

*

*   *

En repensant aujourd'hui, 22 juin 1989, à cette soirée, elle se souvient de ce que Proust écrit des applaudissements entendus à la fin d'une représentation de *Phèdre* :

> « Les applaudissements tombaient le plus souvent à faux, sans compter qu'ils étaient soulevés par la force des applaudissements antérieurs, comme une tempête, une fois que la mer a été suffisamment remuée, elle continue de grossir, même si le vent ne s'accroît plus. »

*

*   *

Au lendemain de cette soirée mémorable dont tous les journaux parlèrent comme d'un grand événement mondain, sans dire un mot du film, Raoul décida de rester à Paris quelques jours de plus pour attendre de jauger les premiers résultats des recettes en salles. Valentine rentra seule à Montverche.

À son arrivée au Château Claudial, elle trouva Cécile qui l'attendait. Elle s'étonna : Cécile ne venait jamais sans prévenir. La femme d'Aurygnan semblait lasse, perturbée. Elle devina dès le premier coup d'œil que Valentine était enceinte, mais ne lui posa aucune question. Elle l'embrassa seulement un peu plus longuement que d'habitude. Elle avait beaucoup de choses à lui raconter.

D'abord, elle lui annonça que Jean-Noël venait de quitter la ferme. Le jeune homme avait décidé de devenir marin, il était inscrit dans un collège spécialisé à Nantes et il reviendrait chaque fin de semaine. Valentine sourit. Elle comprenait que son demi-frère ait eu envie de suivre les traces de leur père, même si celles-ci étaient imaginaires. Si elle avait été un homme, elle en aurait sans doute fait autant. Au bout du compte, elle aussi avait fait tous les choix importants de sa vie en fonction de son père. Raoul lui-même...

Ensuite, Cécile parla de l'enquête. Comme ils l'avaient promis, les détectives avaient pu remonter le cours de la biographie d'Antoine ; ils savaient maintenant pourquoi il avait été jeté en prison à la fin de la guerre, et ils avaient dû faire appel à elle pour authentifier des documents établissant la nature exacte de ses crimes : Antoine – Cécile l'appelait ainsi pour la première fois – avait été poursuivi et condamné pour faits de collaboration. Ces fouille-poubelles en avaient découvert la preuve non dans les archives du ministère de la Justice, détruites depuis belle lurette, mais dans celles de la prison de la Santé auxquelles ils avaient pu avoir accès moyennant une substantielle contribution aux Œuvres de l'administration pénitentiaire. Étienne Rouche y était décrit comme un commissaire de la marine de Vichy en poste au Havre. Pour le compte des Allemands, il avait spolié la plupart des armateurs français et géré leurs biens placés sous séquestre. Selon le dossier de l'enquête, il avait servi l'occupant pendant trois ans, efficacement, sans états d'âme mais sans zèle, avant de disparaître à la fin de 1943. En novembre 1944, juste après la libération de la ville, il avait été condamné à mort pour crimes économiques dans un procès par contumace, condamnation réduite à vingt ans de prison quand on l'avait arrêté et rejugé, en 1945, après l'avoir retrouvé dans un maquis de

Bourgogne où il avait combattu honorablement, sous un autre nom, pendant les derniers six mois de la guerre. En définitive, en raison de sa bonne conduite, il n'avait purgé que quatre ans de prison. Les détectives n'avaient rien trouvé de plus précis ni sur la nature de ses crimes, ni sur son rôle dans la Résistance.

Pour prévenir la remarque qu'elle lisait déjà sur les lèvres de Valentine, Céline affirma qu'il ne pouvait y avoir de doutes : c'était bien le même Étienne Rouche. Elle avait parfaitement reconnu l'écriture de son mari sur le bordereau de levée d'écrou : sèche et anguleuse, juste un peu plus ferme que celle qu'elle avait connue. La signature, en revanche, n'était pas exactement la même : plus ample, plus ambitieuse. Cécile se rappelait d'ailleurs avoir été intriguée, le jour de leur mariage, en le voyant signer le registre d'état civil de deux lettres à peine lisibles qui n'étaient d'ailleurs pas les initiales de ses nom et prénom.

Les détectives avaient exhibé à Cécile quelques coupures de journaux de 1945 évoquant brièvement le procès au milieu de beaucoup d'autres. Étienne Rouche faisait partie du menu fretin dont la condamnation n'avait pas soulevé les passions. On y rappelait seulement qu'il était arrivé dans la Résistance au début de 1944, mais que cette entrée discrète et tardive n'avait pas suffi à lui faire pardonner sa collaboration caractérisée. Rien de plus précis. Les enquêteurs avaient par ailleurs apporté à leur cliente toute une liasse de bulletins de marine et des exemplaires d'un quotidien paraissant au Havre de 1940 à 1944. Ils n'y avaient rien trouvé concernant l'affaire, mais avaient néanmoins jugé utile de les lui remettre. Sans doute voudrait-elle les feuilleter à son tour. Elle le reconnaîtrait peut-être sur une photo ?

Cécile sortit de sa poche une coupure de journal qu'elle tendit à Valentine. Celle-ci hésita. Elle sentit qu'elle n'avait aucune envie d'en apprendre davantage. Mais elle ne put résister au geste impérieux de Cécile. Au-dessous d'un long article décrivant l'arrivée triomphante au Havre d'un important contingent de la flotte nazie, on voyait une photo d'officiers de la Kriegsmarine recevant à bord d'un croiseur les autorités du port. Au second rang, hilare, une coupe de champagne à la main, une silhouette un peu floue que les deux femmes ne pouvaient pas ne pas reconnaître. Derrière, deux autres visages que Valentine pensa fugitivement avoir déjà vus, sans pouvoir mettre un nom sur eux. Cécile reprit la photo et la rangea dans son sac.

Les jours suivants, une partie de la presse parisienne réserva au film un accueil enthousiaste. Certains critiques jurèrent qu'il s'agissait d'un authentique chef-d'œuvre, à ne manquer sous aucun prétexte : le premier film français à montrer la réalité de la guerre dans son absurdité, quels que fussent la guerre et le siècle où elle se déroulait. On ne pouvait le comparer qu'avec *Les Sentiers de la Gloire*, dans un tout autre genre, évidemment. Ou, à la rigueur, si l'on tenait vraiment à citer un autre film français, à *La Kermesse héroïque*. D'ailleurs, continuait le critique, il faudrait quand même un jour dénoncer la lâcheté de ces producteurs et de ces metteurs en scène incapables d'affronter de façon aussi audacieuse les guerres récentes d'Indochine et d'Algérie.

On ne retrouva pas dans la presse populaire ce torrent d'éloges ni dans le journal dont Raoul avait prétendu que le directeur signerait le scénario. Celui-ci fut même le plus sévère.

Dès le premier mercredi, Raoul sut que *La Folie du monde* serait un fracassant échec commercial. Il faisait beau, on ne parlait que des prochaines élections législatives et des vacances. À Paris comme dans le reste du pays, personne n'allait au cinéma : le temps clément incitait à sortir, à flâner, certes pas à s'enfermer dans les salles obscures. Le film ne fit que le tiers des entrées prévues et fut retiré de l'affiche au bout de trois semaines.

Raoul n'eut plus qu'à fermer ses bureaux : Globefilms cessa d'exister. Il se réfugia à Montverche d'où il ne bougea plus de tout l'été. La nuit, Valentine l'entendait pleurer sur lui-même. Elle voulut le consoler, ils firent l'amour mieux que jamais. Puis elle voulut lui parler, mais il la repoussa. Elle comprenait, ne lui en voulait pas. Elle l'aimait et attendait un second enfant de lui pour novembre. Tout allait bien grâce à elle : ils n'avaient pas de problèmes d'argent. Elle pensait que cet échec n'aurait d'ailleurs pas pour lui que des conséquences néfastes. Ayant perdu ses illusions, il serait moins enclin à se mentir et ne consumerait peut-être plus l'essentiel de son énergie à échafauder des projets imaginaires. Et, même s'il persévérait, leur échec lui ferait moins de peine et coûterait en tout cas moins cher que celui de *La Folie du monde* ! Enfin, il aurait moins de prétextes à invoquer pour se rendre à Paris où il n'avait plus ni bureaux ni films en cours de production. Il s'occuperait de Sarah et finirait par s'intéresser à son prochain enfant. Avec un peu de chance, il ne bougerait plus de Montverche jusqu'à ce qu'elle accouchât. Valentine était bien résolue à ne ménager aucun effort pour lui faire oublier ses déboires ; peut-être réussirait-elle même à l'intéresser à la reliure ?

Louise vint passer le mois d'août chez son père dont la librairie était de plus en plus fréquentée, durant les vacances, par les touristes descendant vers le Sud. Elle avait passé le mois de juillet à Paris à aider son amant à préparer ses cours pour la rentrée. Ce furent des moments délicieux. La femme du professeur était en vacances à Carnac où il ne se rendait que pour le week-end. Le reste du temps, Louise dormait avec lui dans le lit conjugal, ce qui l'amusait beaucoup. Elle ne lui demandait rien de plus, avouant néanmoins avec un brin de tristesse à Valentine qu'il passait août en famille dans la propriété bretonne de sa femme d'où il l'appelait tous les jours. Quand le professeur tombait sur Augustin, celui-ci ne lui passait jamais sa fille. Le libraire avait décrété que cette liaison avec un homme marié était la pire malédiction qui pouvait arriver à Louise, assez belle et intelligente pour avoir à ses pieds tous les jeunes gens de la Terre. Il lui en voulait de gâcher sa jeunesse avec un type qui la laisserait choir dès qu'il se serait choisi une autre proie dans les fournées de chair fraîche déversées par chaque rentrée universitaire. Surtout, il se sentait de plus en plus épuisé par l'âge et désespérait de voir arriver un petit-fils. De tout cela il ne se plaignait pas directement à Louise, de peur de la voir se fâcher et écourter son séjour quai des Acacias, mais à Valentine qui le rapportait à son amie. Celle-ci, qui adorait son père, trouvait toujours une bonne façon de le rassurer sans paraître au courant de ses conversations avec Valentine : elle était encore très jeune, elle trouverait bientôt l'homme de sa vie, le mytique « H. de V. » ; et quand il serait là, elle ne le laisserait pas partir ; elle aurait un enfant de lui avant même qu'il réalise l'avoir effleurée ; et elle l'appellerait Augustin ; et ils viendraient tous vivre à Montverche où elle avait l'intention de créer un cours privé de peinture ; elle était sûre que ça prendrait. Quand il entendait évoquer ces vastes perspectives, Augustin passait d'excellentes journées et repartait même pour ses tournées qui, par ailleurs, commençaient à le fatiguer.

À la veille de son retour à Paris, en septembre, Louise surprit son père saisi de quintes de toux et crachant du sang dans sa salle de bains. Elle s'inquiéta, mais n'obtint pas de lui qu'il l'accompagnât à Paris pour subir des examens. Il grogna qu'il avait ça depuis l'enfance ; elle aurait dû s'en apercevoir depuis longtemps. C'était dénué d'importance. Louise ne réussit pas à se sentir rassurée. Même Valentine, qui avait pourtant sur Augustin beaucoup d'influence, ne put le décider à consulter un médecin. Chaque fois qu'elle lui en parlait, il lui demandait des nouvelles de son propre état, désormais trop visible pour qu'elle pût le dissimuler.

Le 5 septembre 1981, veille du jour où était assassiné en Égypte le président Sadate, Valentine reçut sa première commande.

Ce matin-là, la nouvelle gérante de l'hôtel de la Vénerie, qu'elle connaissait à peine, vint lui déposer un exemplaire d'une édition ordinaire du *Bel Ami* de Guy de Maupassant, en lui demandant de bien vouloir le relier pour l'anniversaire d'un de ses fils. Elle lui proposa pour ce travail un prix qui parut exorbitant à Valentine. N'ayant encore fait savoir à personne qu'elle souhaitait commercialiser son travail, elle demanda à l'hôtelière qui avait bien pu lui suggérer de venir ainsi la trouver. L'autre fit la moue, hésita, embarrassée par la question ; puis répondit qu'à Montverche tout se savait avant même qu'on eût fini d'y penser.

*

Valentine aurait pu se dire que le choix de ce livre n'était pas fortuit. Si elle y avait réfléchi, elle n'aurait pas eu beaucoup de peine à deviner d'où l'hôtelière avait pu tirer l'idée d'une pareille commande. Elle ne chercha pas vraiment. Non qu'elle n'eût pas envie de savoir, mais il lui plaisait assez d'imaginer que sa réputation avait déjà franchi les limites de son monde connu. Même aux plus lucides, il arrive de s'estimer être au centre de ce qui n'a pas de centre.

*

Une semaine plus tard, alors qu'elle terminait le collage du cuir du Maupassant, Valentine reçut l'appel d'un médecin d'une bourgade voisine, soucieux de garnir quelques mètres d'étagères dans son salon d'attente. Là non plus, elle ne put savoir comment il avait entendu parler de son travail. Il lui confia une douzaine de gros volumes pour commencer. Puis vinrent plusieurs clients d'Augustin qui, lui ayant acheté quelque curiosité bibliophilique, souhaitaient y voir ajouter une touche originale.

Avant la fin de sa grossesse, elle trouva le temps de relier cinq ouvrages. Le Maupassant lui prit un bon mois. Elle achevait une encyclopédie d'histoire de la musique quand elle dut être admise à l'hôpital pour accoucher.

*

*   *

Le 23 juin 1989, Cécile téléphone pour que Valentine vienne la voir de toute urgence à Aurygnan : elle est enfin au bout de son enquête, il faut qu'elle lui en expose les derniers résultats. Elle ne peut rien en dire par téléphone, c'est trop compliqué ; Valentine doit la rejoindre au plus vite. Elle a le droit et le devoir de tout savoir.

Cécile est de plus en plus nerveuse, incontrôlable. Plus rien à voir avec la jeune femme sereine et pondérée d'il y a treize ans. Valentine hésite. Elle n'a pas vraiment envie de savoir. Et puis, le ton de voix de Cécile ne lui plaît pas. Elle y devine comme de la jubilation, une joie vengeresse. Comme si elle allait enfin pouvoir accomplir un sacrifice expiatoire dont elle n'avait cessé de rêver.

Ne pas aller la voir maintenant. D'abord finir le Proust. Comme un défi : tenir tête au temps. Ne pas se laisser envahir par le passé et ses mauvaises surprises.

Pour commencer, réparer les déchirures des pages du livre pour que les tranches soient parfaitement lisses et qu'il soit possible de les peindre. Elle a déjà choisi les couleurs, un irisé de gris et d'or que l'écrivain aurait sans doute aimé. Ne sachant pas pour qui elle travaille, elle imagine Marcel lui-même, accompagné de sa grand-mère, de Monsieur de Norpois et de Gilberte Swann, venu lui demander de relier cet ouvrage dans lequel il a placé tant d'espoirs. C'est pour lui qu'elle travaille, pour lui qu'elle fabriquera ce premier exemplaire qu'il offrira, elle s'en convainc, à la duchesse de Guermantes.

La première des trois éraflures griffe la page, évoquant les quatuors de Beethoven. La seconde barre un paragraphe dans lequel le narrateur raconte son arrivée au Grand Hôtel de Balbec, pour ses premières vacances d'été hors de la propriété familiale : « Le concierge, les grooms, le liftier, empressés, naïfs, vaguement inquiets de notre retard, massés sur les degrés pour nous attendre [...], beaucoup plus de serviteurs qu'il n'était nécessaire. » La troisième en corne une autre où le narrateur décrit son premier dîner à Rivebelle avec Robert de Saint-Loup, dans cette auberge prétentieuse, au milieu de la campagne normande, où se retrouvait la haute société parisienne en vacances dans les villas du littoral : « Et les convives, pendant le repas, passaient le temps à regarder, à reconnaître, à se faire nommer les convives du dîner voisin. »

Comment se peut-il que ce volume soit resté si bien protégé ? Peu de gens ont dû le tenir entre leurs mains. Pourtant, Valentine a le sentiment qu'il a beaucoup été lu. Peut-être n'est-il jamais sorti de la même famille, particulièrement maniaque ? Dans ce cas, pourquoi avoir attendu si longtemps pour le faire relier ? Un mystère de plus. Mais puisque le commanditaire a écrit qu'il viendrait le chercher lui-même, elle lui posera toutes ces questions. Dans trois semaines.

Pour l'heure, n'avoir rien d'autre en tête que de le finir à temps. En commençant par recoller les trois déchirures. À gestes lents et mesurés, elle pose la première des trois pages abîmées sur un papier japon et étale sur chaque lésion un infime filet de colle. Puis elle recolle méticuleusement les deux morceaux bord à bord. Pas trop difficile : la page n'est que légèrement griffée, comme si quelqu'un avait seulement voulu y laisser un signe quasi imperceptible. La colle sèche, elle ôte le papier japon. Nul ne pourrait se rendre compte qu'il y a eu là une marque quelconque. Elle répète le même rituel avec les deux autres feuillets. En deux heures, c'est fini.

Pourquoi pense-t-elle fugitivement que ces déchirures n'ont pas été faites accidentellement ? Qu'elles contenaient une sorte de message secret ? Elle s'en veut de chercher à donner un sens à chaque détail, si minuscule soit-il. Quand se résoudra-t-elle à admettre que sa vie, comme celle de tous les gens ordinaires, n'est qu'une succession de hasards dépourvus de signification ?

*

C'est de l'avoir accepté qu'elle a le plus souffert. Comme tous ceux qui se résignent à penser que leur vie ne mérite pas qu'on s'y intéresse, elle s'est condamnée à ne pas reconnaître le bonheur quand il lui est arrivé de le croiser.

*

*   *

Le frère de Sarah naquit le 16 novembre 1981. Raoul le considéra avec une sorte de crainte mêlée de tristesse. On l'appela Joseph, du nom du père de Raoul. En tout cas, il l'avait ainsi nommé. Valentine ne l'avait pas connu, n'en avait même jamais vu de photo et n'avait pas la moindre idée de ce qu'avait été sa vie depuis son arrivée de sa Russie natale d'où, d'après Raoul, l'avait chassé la révolution bolchevique.

Quand Raoul avait exigé que son fils s'appelât de la sorte, Valentine avait acquiescé. Elle n'avait pas de préférence, pas le moindre prénom ne lui était d'ailleurs venu à l'esprit. En tout cas, jamais elle n'aurait choisi celui de son propre père, le seul homme pour qui elle était sûre d'avoir éprouvé de l'amour, le seul dont elle tenait à ce qu'il ne partageât rien avec personne.

Elle en était maintenant certaine : Joseph était bien le fils de Raoul. Elle s'en voulait d'avoir gâché tant de nuits à se torturer avec des craintes imaginaires. N'avait-elle pas assez de soucis pour sans cesse s'en inventer ? Tout était clair à présent. Raoul n'aurait rien à lui reprocher, même à propos de Frédéric : elle ne lui avait pas menti, puisqu'il ne lui avait jamais posé de questions.

Il n'y a pas de menteurs sans questions posées. Il n'y a alors que des mythomanes. À sa manière, Raoul, lui, était à la fois l'un et l'autre : la mythomanie lui servait en quelque sorte à maintenir en état de marche ses capacités de mensonge.

Il passa tout l'automne à Montverche sans presque sortir d'une des chambres du second étage sauf, mais de plus en plus rarement, pour la rejoindre dans son lit. Il écrivait, téléphonait, pleurait, rageait. Il essaya d'emprunter de l'argent à Valentine pour un projet à la rentabilité garantie, mais elle prétendit ne plus en avoir en dehors du loyer du restaurant ; il n'insista pas.

Au début de l'année suivante, il retourna à Paris. La télévision lui avait commandé des dialogues pour un feuilleton sentimental. Il les écrivit avec l'impression de se commettre, de déchoir, de se haïr.

Un peu plus avant, ce printemps-là, Valentine découvrit, posé sur un guéridon de l'entrée, l'esquisse d'un scénario vaguement pornographique signé Paul Grunberg, le pseudo que Raoul prétendait avoir utilisé, autrefois, en tant que militant révolutionnaire. Il se défendit d'en être l'auteur, jurant que le texte traînait là par hasard. Elle n'insista pas.

Elle allait presque quotidiennement prendre des nouvelles d'Augustin. Il refusait toujours de se soumettre à des examens médicaux et passait le plus clair de son temps à se plaindre de Louise qui, au lieu de s'évertuer à faire enfermer son vieux père dans les hôpitaux, aurait dû veiller à mieux conduire sa vie. Elle était toujours la maîtresse de son professeur et prétendait qu'elle ne tenait pas à ce qu'il quittât sa femme. Elle n'aspirait pas à l'ennui conjugal. Elle était une femme libre et entendait bien le rester. Elle avait trouvé en Hugues « H. de V. », l'homme de sa vie, mais elle avait aussi découvert qu'elle n'avait pas besoin de lui à temps plein. Ses études, qu'elle réussissait brillamment, suffisaient pour l'instant à occuper ses jours et une partie de ses nuits.

Valentine feignait de la croire. Augustin, lui, désespérait de ne pas avoir de petit-fils.

Un jour de l'automne 1982 où elle vint voir le malade, Valentine remarqua, posés bien en évidence sur la cheminée de sa chambre, une dizaine de livres qui n'y étaient pas la veille, tous magnifiquement reliés. Au premier coup d'œil, elle reconnut le travail de Jean Londery. Personne au monde ne savait comme lui réaliser des marqueteries mêlant cuir, métal et bois. Quant aux peintures des pages de garde, elles trahissaient un coup de pinceau inimitable. Avant qu'Augustin ait eu le temps de protester, elle commença à les feuilleter. Il n'y avait là que des auteurs de la collaboration, de Céline à Rebatet, de Drieu à Suarès, de Morand à Giraudoux. Augustin se précipita pour l'en écarter, bougonnant que ça ne se faisait pas de fouiller la chambre d'un malade. Pour ce qui était de ces livres dont la reliure ressemblait en effet vaguement au travail de Londery, sans qu'il pût en être sûr, n'étant pas lui-même un expert, ils lui venaient d'un de ses amis récemment décédé et qui avait eu la mauvaise idée de lui léguer sa bibliothèque. (À son âge, il fallait qu'il s'y fasse, les rangs des amis commençaient à se clairsemer...) Il n'avait pu décliner ce legs, mais il allait disperser toutes ces vieilleries au plus tôt. Il trouverait aisément des acquéreurs. Ce genre de littérature revenait à la mode. Il verserait le produit de la vente à une œuvre. Il ne précisa pas laquelle.

Au début de 1983, la chance arriva vraiment pour Raoul. Il réussit à vendre à la première chaîne de télévision le scénario d'un feuilleton conçu en six épisodes, *Simple et Juste*. C'était l'histoire d'un village savoyard pendant la guerre, dont la population cachait des familles juives et organisait leur passage en Suisse, de l'autre côté de la frontière. Ces braves villageois avaient réussi à corrompre un fonctionnaire de l'état civil du canton de Genève qui fabriquait pour eux, contre de l'or, de faux titres de séjour. Le métal précieux venait de familles en fuite ou d'organisations de solidarité américaines. La série évoquerait ainsi une résistance tranquille, anonyme, donnant de la France une image positive et heureuse dont le pays avait justement besoin. De surcroît, d'après Raoul, le récit reposait sur une anecdote authentique, ce qui lui donnait plus d'intérêt encore : son propre père avait été sauvé par des gens comme ceux-là.

C'était la première fois que Raoul laissait entendre qu'il pouvait être juif. Valentine s'en étonna. Il se récria : Mais non, non, il ne l'était pas du tout ! Son père avait été résistant à Lyon ; dénoncé, il avait fui à temps ; recueilli dans un maquis du Vercors qui ne pouvait le garder, il avait fallu le faire passer en Suisse par une filière qu'utilisaient aussi des Juifs. C'était tout. Il n'avait pas d'autres relations avec ces gens-là.

Raoul s'était beaucoup battu pour faire aboutir son projet ; il avait obtenu une subvention du conseil général de Savoie où le tournage devait avoir lieu, ce qui en réduisait considérablement le coût. Il avait été convenu qu'on tournerait d'abord le premier épisode, qui serait diffusé par la station régionale Rhône-Alpes de la troisième chaîne. En cas de succès d'audience, il serait repris sur le réseau national. S'il faisait alors un très bon score, on en tournerait un second et peut-être même, qui sait, les six que Raoul avait proposés.

Le premier film fut réalisé dans l'urgence et avec de maigres moyens. Raoul passa l'essentiel de son temps à Chambéry, à l'hôtel des Princes d'où il contrôlait les dépenses de tournage. Il savait faire preuve avec les autres d'une pingrerie dont il veillait à s'épargner pour lui-même les effets.

Diffusé à Lyon à la fin de l'été 1983, *Simple et Juste* remporta un succès considérable. *Le Progrès* en parla comme du premier film rendant justice à la conduite des Savoyards durant les années noires. *Le Dauphiné* s'étonna qu'un producteur étranger à la région eût réussi à faire, pour la réputation des Savoyards, beaucoup plus et mieux qu'eux-mêmes. Ils devraient lui en garder une éternelle reconnaissance.

Projeté pour les fêtes de fin d'année sur le réseau national, le film provoqua une émotion intense à travers le pays. Tout un chacun se reconnut dans le prêtre, le boulanger, l'institutrice, le douanier du village ; on exécra le sous-préfet de Gex, on méprisa le fonctionnaire genevois. On parla d'une nouvelle façon de filmer l'Histoire : à partir de faits réels vécus par des gens ordinaires, et non plus seulement par l'évocation grandiloquente d'aventures plus ou moins imaginaires prêtées aux grands de ce monde. Après tout, la Résistance, ce n'était pas seulement de Gaulle et Moulin, mais une masse d'anonymes, de sans-grade qui n'avaient jamais obtenu la moindre marque de reconnaissance pour leurs mérites. On savait gré à Raoul Lentier de les avoir montrés, surtout après l'échec immérité de *La Folie du monde*.

Raoul était fou de joie. « François », raconta-t-il à Valentine, l'avait invité à déjeuner en tête à tête dans le salon-bibliothèque de l'Élysée pour lui dire tout le bien qu'il pensait de ce film qu'il avait déjà vu trois fois. À l'issue du déjeuner, le président lui avait même recommandé une de ses amies pour un petit rôle dans les prochains épisodes.

C'est ainsi que Raoul prétendit avoir appris que la télévision publique allait lui passer commande non pas de cinq, ni de treize, mais de vingt-trois autres épisodes des aventures du village savoyard. À cette fin, il recréa une nouvelle maison de production qu'il appela Sarafilms.

De nouveau, l'argent coula à flots. Pour le cinquième anniversaire de Sarah, le 10 octobre 1984, Raoul offrit à Valentine un magnifique brillant, choisi chez un grand bijoutier de Genève où l'appelait de plus en plus, expliqua-t-il, les exigences de la production. Il s'acheta la décapotable anglaise dont il rêvait depuis toujours et en fit faire une réplique en miniature à l'intention de la fillette, sans rien ramener pour Joseph.

Sarah considéra la voiture avec tristesse. Ses subits accès de tremblements s'étaient aggravés. Ils se transformaient maintenant en longues successions de spasmes dont elle avait chaque fois de plus en plus de mal à se remettre. C'était maintenant comme si son petit corps était traversé des pieds à la tête par une puissante décharge électrique qui la secouait de contorsions grotesques. Nul n'aurait pu imaginer qu'un organisme humain fût capable de résister à de tels symptômes. La fillette vivait dans la terreur de ces crises. Quand elle les sentait venir, elle se recroquevillait, les yeux hagards ; nul ne pouvait plus lui tirer un mot. Valentine la prenait alors dans ses bras et elles attendaient ensemble comme deux condamnées attendent la salve du peloton. La crise durait parfois cinq minutes, parfois presque une heure ; l'enfant en sortait brisée.

Raoul, quant à lui, semblait ignorer la gravité de ces crises. Sarah, affirmait-il, était comme lui ;

petit, lui non plus ne savait jamais quoi inventer pour attirer l'attention de ses parents et obtenir qu'on ne l'envoyât pas à l'école. Les médecins consultés par Valentine n'avaient d'ailleurs décelé aucune lésion cérébrale. Au reste, Sarah se calmait dès qu'il la prenait dans ses bras.

Un matin de novembre, au lendemain du troisième anniversaire de Joseph, après une crise particulièrement aiguë et spectaculaire de Sarah, Valentine, très inquiète, se décida à prendre rendez-vous aux Enfants Malades dans le service de neurologie du professeur Aubray. Il fut convenu que la petite fille y passerait une semaine en observation.

Raoul parut mal à l'aise quand Valentine lui annonça son intention de passer huit jours dans la capitale, mais il se détendit quand il comprit que sa femme dormirait dans la chambre de sa fille. Lui-même serait justement à Paris cette semaine-là, mais entièrement retenu par le montage des nouveaux épisodes de *Simple et Juste*, qui le prendrait de jour comme de nuit. Il promit néanmoins de venir les voir régulièrement malgré son travail.

C'était bien la moindre des choses, ajouta-t-il comme pour prévenir la déception de Valentine.

L'équipe médicale des Enfants Malades ne voulurent rien entreprendre avant d'avoir assisté à une crise. Celle-ci tarda à se manifester ; quand elle eut lieu, ils regardèrent l'enfant se tordre, puis expliquèrent à Valentine, avec un air de reproche, qu'ils n'avaient noté aucune modification de l'électrocardiogramme, de l'électroencéphalogramme, ni d'aucun autre instrument dont ils avaient appareillé Sarah, et que tout cela ne ressemblait à aucun symptôme d'une maladie connue. Après avoir longuement discuté entre eux, et malgré l'avis divergent d'un des jeunes internes, ils penchèrent pour une simulation et proposèrent à Valentine d'envoyer Sarah en consultation au service de neuropsychiatrie, dans le bâtiment voisin. Elle allait s'y résoudre quand éclata une seconde crise, beaucoup plus violente que la précédente. Sous l'effet de la douleur, Sarah s'évanouit. Après que son petit corps eut cessé de trembler, le professeur Aubray passa deux heures en tête à tête avec l'enfant. En sortant, il ordonna de nouvelles mesures et analyses, différentes des premières. Valentine ne tira rien de lui. En attendant les résultats, elle remarqua seulement que les praticiens du service venaient jouer plus souvent avec la petite, tout en refusant obstinément de répondre aux questions de la mère. Il fallait attendre les résultats, ne pas s'inquiéter pour rien. De toute façon, dès qu'on les recevrait, le professeur viendrait tout lui expliquer.

Quarante-huit heures plus tard, ce dernier invita Valentine à déjeuner dans un coin isolé de la cantine de l'hôpital. Elle remarqua qu'aucun des autres membres de son service ne s'approcha de leur table. Le professeur parla longuement de ses propres enfants, des peines et déceptions qu'ils lui avaient causées, de la difficulté d'exercer un métier dans lequel on n'a presque jamais à transmettre de bonnes nouvelles. Toute maison de santé, continua-t-il après un silence, est comme un hôpital de campagne, soignant les blessés dans l'urgence au plus près du front, car la vie des hommes ordinaires est une guerre sans répit contre le mal. Et celui-ci gagne toujours... Nous sommes tous au front... La seule chose que l'on puisse espérer, c'est que chaque défaite de la médecine aide à mieux comprendre la nature du mal afin que d'autres, plus tard, puissent espérer gagner cette putain de guerre...

Valentine ne comprenait pas contre qui il était si furieux, ni pourquoi il étalait, tout en parlant, les lentilles dans le fond de son assiette sans en manger une seule. Puis, d'une voix plus douce, elle l'entendit annoncer que les dernières analyses venaient de révéler que Sarah était atteinte d'une maladie génétique extrêmement rare, une dégénérescence des terminaisons nerveuses dont six cas seulement étaient répertoriés de par le monde, tous aux États-Unis. La maladie était si peu répandue qu'aucun chercheur d'aucun laboratoire ne se consacrait à son étude, faute de débouchés. Une « maladie orpheline » comme il en existait probablement des milliers, demeurant sans espoir de guérison, à moins qu'un traitement ne fût découvert par inadvertance, en cherchant autre chose en vue de guérir une autre maladie.

Non, ce ne pouvait être elle qui était là à entendre ces propos. Elle regardait cette scène de l'extérieur. Elle n'avait rien à y faire. Sarah non plus.

Le professeur continuait : il fallait que Valentine se montrât courageuse. Sarah avait peu de chances de dépasser sa neuvième année. Il n'y avait rien à faire. L'enfant et sa mère pouvaient rentrer à Montverche.

Valentine remonta à l'étage, croisa Sarah qui jouait dans le couloir avec un autre enfant, rassembla leurs affaires avec lenteur et méticulosité. Où était le petit châle, et la robe verte ? Quand il n'y eut plus rien à ranger, elle chercha à joindre Raoul. Elle fut presque soulagée d'apprendre qu'il avait quitté son hôtel depuis deux heures, sans laisser de message. Elle se dirigea vers la gare en s'efforçant de ne pas penser à ce qu'elle venait d'entendre.

Quand, dans le train, elle osa, elle y lut comme une punition du Ciel. Et elle qui n'y croyait pas, se mit à le maudire.

Lorsque le train entra en gare de Montverche, Raoul les attendait sur le quai. Il monta dans le compartiment et embrassa Valentine. Il expliqua qu'il avait quitté son hôtel pour la rejoindre à l'hôpital, mais qu'elle n'y était déjà plus. Le professeur Aubray lui avait tout expliqué. Il avait alors foncé sur l'autoroute au volant de sa puissante voiture anglaise, et était arrivé à Montverche bien avant elles. Après un court silence, il fondit en larmes.

Tous trois descendirent du train juste avant qu'il ne redémarre. Raoul portait Sarah endormie. En le voyant installer l'enfant sur le siège arrière de la voiture, Valentine réalisa qu'elle ne se rappelait pas l'avoir vu, jusqu'ici, prendre ainsi sa fille dans ses bras. Puis Raoul étreignit Valentine, chuchotant que, désormais, il ne passerait plus un seul jour sans elle. Il chercherait, il trouverait un remède, en Amérique ou ailleurs, dût-il y donner tout l'argent qu'il avait gagné. Valentine pensa que c'était peut-être le premier accès de sincérité de toute son existence.

Tout en conduisant, il se lança alors dans une longue dissertation sur l'absurdité de la vie. Quand un enfant mourait avant ses parents, expliqua-t-il, ceux-ci n'avaient plus rien à transmettre ; pour eux la vie ne valait plus la peine de se poursuivre, puisqu'elle n'était plus d'aucune utilité pour préparer l'avenir. Mais il fallait s'arrêter un instant sur cette proposition : si la disparition d'un être peut ainsi réduire à néant le destin d'un autre, si la mort d'un enfant suffit à priver de sens la vie de ses parents, c'est qu'au départ, déjà, avant même de commencer à vivre ou de former le projet d'avoir un enfant, aucune vie ne vaut d'être vécue. On pouvait donc en tirer une conclusion d'une portée considérable et universelle, qu'il démontrait pour ainsi dire sur le tas, là, maintenant, en direct, sans contestation possible : la mort d'un seul être humain impliquait de manière irréfutable l'absurdité de la condition humaine.

Sa voix enflait, il s'emballait, comme impressionné par ses propres paroles. Lorsqu'il mit fin à son discours, ses yeux étaient secs. Lâchant le volant, il partit à la recherche d'un stylo et d'une feuille de papier, qu'il finit par dégoter sous son siège, pour y noter en abrégé ces idées originales, ces démonstrations impeccables qu'il venait d'improviser là, devant elle, et qu'il utiliserait un jour, affirma-t-il presque gaiement, dans tel ou tel scénario ; peut-être justement dans celui qu'il était en train d'achever pour le neuvième épisode de *Simple et Juste*.

De ce jour, Raoul refusa d'accepter la maladie de sa fille. Il affirma que, toute réflexion faite, le professeur parisien était un médicastre, un charlatan, un morticole, incompétent comme tous les mandarins, et que son diagnostic absurde ne visait qu'à masquer sa propre nullité. Avait-on jamais entendu parler de maladies « orphelines » ? Pourquoi pas « veuves », pendant qu'on y était ? Il décréta que Sarah allait fort bien, qu'elle n'était qu'une enfant très nerveuse. Il comptait d'ailleurs l'envoyer bientôt prendre des cours de danse.

*

Peut-être aurais-je réagi de la même façon. Nul ne sait quelle ruse il serait capable d'employer pour se protéger de l'horreur lorsqu'il lui reste une chance, même infime, de passer sans la voir.

*

Louise fut la seule personne à qui Valentine parvint à dire la vérité. À Noël 1984, abandonnant pour un temps ses études et son professeur, la fille d'Augustin Vinterailh débarqua à Montverche, au grand étonnement de son père. De toute façon, elle avait l'intention de prendre un peu de distance avec Hugues. Elle avait terminé sa maîtrise et préparait maintenant sous sa direction un doctorat sur la place de la peinture dans la littérature française au début du XXᵉ siècle. C'était passionnant, mais elle avait accumulé assez de documentation pour n'avoir plus qu'à rédiger, et n'avait nul besoin de passer tout son temps à Paris. De plus, elle en avait assez de ne rencontrer son professeur que quelques heures par semaine, surtout en fin d'après-midi, quand il réussissait à s'esquiver pour la rejoindre dans un studio loué sous un faux nom dans l'île Saint-Louis. Elle s'était ravisée ; elle attendait et voulait plus de lui. Elle pouvait dire maintenant qu'il était sans conteste « H. de V. », l'homme de sa vie, celui dont elle rebattait les oreilles à Valentine depuis leur commune enfance. Aussi avait-elle décidé d'obliger Hugues à prendre une décision, à sortir de cette situation équivoque. Avant de partir pour Montverche, elle avait subtilisé le manteau de son amant et avait glissé dans une poche intérieure qu'il n'utilisait jamais une lettre particulièrement explicite sur la nature de leurs relations. Sa femme, qu'elle savait d'une jalousie aussi exacerbée que méticuleuse était donc tombée sur cette description précise de leur dernier après-midi et avait mis son époux en demeure de choisir entre elle, la mère de ses enfants, et cette grognasse.

Louise suggéra en passant qu'elle comprenait fort bien la réaction de cette femme. Il n'y avait pas d'autre chose à faire avec les hommes. Ils avaient le mensonge et la trahison dans le sang. Elle recommanda vivement à Valentine d'agir de même avec Raoul. Dieu sait ce qu'elle trouverait dans ses poches : des notes de restaurant, des tickets de parking, des préservatifs, des lettres, sûrement des lettres ! Il devait adorer écrire aux filles et elles devaient de temps à autre lui répondre. Il était sans doute trop flatté pour ne pas les garder sur lui.

En tout cas, la femme de Hugues, il fallait le reconnaître, était une personne de qualité : elle avait fait très exactement ce que Louise escomptait qu'elle ferait : ni pleurer, ni crier, ni supplier. Seulement brandir la lettre de Louise au nez de son mari et lui donner quinze jours pour se décider : elle ou moi. D'ici là, tu dégages.

Hugues s'installa dans le studio de l'île Saint-Louis où il passa seul les fêtes de fin d'année, téléphonant des heures durant à son étudiante préférée. Puis, au lendemain de l'Épiphanie, il n'appela plus. Au début de février 1985, sans nouvelles de lui depuis un mois, Louise rentra à Paris pour découvrir qu'il était retourné chez sa femme et s'en trouvait fort bien.

Elle s'enferma un mois pour pleurer, puis se laissa inviter à dîner par un éditeur qui l'engagea pour préparer une nouvelle collection de livres d'art destinés aux enfants. Il était charmant et Louise n'excluait pas de passer dans son lit. Cependant, même si elle était remise et assez heureuse, elle se refusait à critiquer celui qu'elle persistait à appeler « H. de V. ».

Valentine était à nouveau seule. Raoul prétendait que l'écriture de la suite des aventures de ses villageois savoyards, que les télévisions réclamaient à cor et à cris, l'occupait énormément et le retenait à Chambéry. Il devait assister aux repérages, remanier de nombreuses répliques, travailler avec les acteurs, les réalisateurs. Il devait aussi se rendre souvent à Genève pour coproduire sa série avec la télévision suisse romande. La vie y était plus facile pour un producteur aussi exigeant que lui. Il ne dormait presque plus. De cela, elle ne put douter en le voyant s'effondrer lorsqu'il lui arrivait de rentrer à Montverche certains vendredi soir. Quand il se réveillait, tard dans l'après-midi du samedi, il était irritable, vindicatif, de mauvaise foi, cherchant tous les prétextes pour repartir au plus vite à des rendez-vous qu'elle devinait inventés de toutes pièces.

Le peu de temps qu'il était là, il fuyait la compagnie de Sarah dont il semblait avoir peur. Et davantage encore celle du petit Joseph avec lequel il s'arrangeait pour ne jamais se retrouver en tête à tête. Parfois, Valentine le voyait se figer dans la contemplation de l'enfant, puis détourner les yeux. Une seule fois, en rentrant d'avoir livré une de ses reliures, elle trouva son fils dans les bras de son père. Dès qu'il la vit, il le reposa, comme pris en faute.

*

*   *

Ce matin du 20 juin 1989, comme presque tous les jours depuis un mois, Cécile insiste pour que Valentine vienne la voir. Elle a quelque chose d'urgent à lui raconter et elle est trop fatiguée pour se déplacer. Valentine est décidée à ne pas répondre à son invite avant d'avoir fini son travail.

Le livre mis en pièces est comme désarmé, à merci, tous feuillets épars, comme sa vie à elle. Elle doit maintenant réunir ce qu'elle a sciemment défait. Non plus avec la colle du brochage, mais avec les fils de la couture. Si celle-ci vient à être manquée, le livre ne sera jamais plus qu'une épave, un tas de feuilles irrémédiablement mêlées. S'attaquer à la reliure d'un livre, c'est, pour atteindre à la plus haute exigence, prendre le risque de déchoir.

Elle choisit quatre ficelles, les tend sur le cousoir, entaille à la scie les feuillets qu'elle glisse l'un après l'autre dans les ficelles. Faire le vide dans son esprit. Ne plus penser à rien. Pas même au livre. Comment y réussit-elle toujours si bien alors que, pour ce qui est de sa vie...

*

*   *

À la fin de l'année 1985, la troisième chaîne décida d'interrompre le tournage du onzième épisode de *Simple et Juste* qui commençait à lasser le grand public. Ayant engagé d'énormes dépenses pour la préparation de films qui ne verraient jamais le jour, Sarafilms se retrouva en grandes difficultés financières. Raoul plongea de nouveau dans le désespoir, comme après le désastre de la *Folie*. Mais, au lieu de se replier sur lui-même, il se lança d'emblée dans de nouveaux projets, cette fois helvétiques, car, expliqua-t-il à Valentine qui s'en étonnait, il avait noué pour *Simple et Juste* de bonnes relations avec les hauts dirigeants de la télévision genevoise et certains banquiers. On le suppliait de concevoir et de diriger de grands projets. Il prépara ainsi un film sur Guillaume Tell, un autre sur Calvin, avant de se concentrer sur une série de documentaires sur le chocolat.

Elle en avait assez de le voir faire semblant que tout allait bien. Elle aurait voulu trouver le courage de lui crier d'en finir avec les mensonges. Lui dire qu'elle eût préféré l'entendre avouer qu'il n'y arrivait pas, qu'il ne maîtrisait pas la situation, qu'il était incapable de tenir les promesses qu'il croyait lui avoir faites. Oui, elle aurait tant voulu avoir le courage de le prendre dans ses bras, de lui murmurer qu'elle l'aimerait sans mensonges. Mais elle n'était pas sûre qu'il fût capable de vivre plus de dix minutes dans la réalité de ses échecs.

*

Pour Raoul, la réalité n'était qu'un sous-produit particulièrement méprisable de l'imagination.

*

À l'époque, quand il rappliquait à Montverche entre un séjour à Genève et un voyage à Londres, Raoul parlait d'ouvrir une agence de photos, de lancer un quotidien, de créer un parti politique, projets qui se réduisirent, au début de 1986, juste avant les élections législatives, à l'envoi aux journaux d'une lettre ouverte extrêmement violente et plutôt bien tournée dont la principale cible était le ministre de la Culture, son incapacité à soutenir les producteurs intègres face aux exigences de la télévision commerciale, ce qui lui fit perdre les ultimes soutiens dont il pouvait encore espérer disposer dans les cercles du pouvoir.

En juin, fort heureux de voir revenus aux affaires ses vrais amis (même si les malheurs du temps l'avaient conduit à les négliger un peu pendant ces cinq années de gouvernement de la gauche), il proposa à la télévision française, dont les nouveaux dirigeants se trouvaient figurer parmi ses plus ardents admirateurs, le projet d'une série de fiction sur les banlieues, qui recommençaient à s'agiter. Il avait imaginé l'histoire d'une famille d'ouvriers d'origine maghrébine vivant dans une cité difficile à la périphérie de Lyon, heureuse et unie, jusqu'au jour où le mari partait vivre avec la jeune demi-sœur de sa femme qui venait d'arriver d'Algérie. Les deux enfants, un garçon violent, presque en marge de la société, une fille soucieuse de s'intégrer à tout prix, se révoltaient contre le père, ne voulant plus le voir. Sa femme l'attendait. L'homme perdait son emploi et revenait alors au foyer. La famille se ressoudait et, après mille péripéties, sortait de ses difficultés. Elle devenait même un modèle d'intégration réussie. Cela s'appellerait *Une affaire de famille*, coproduction avec la télévision suisse où Raoul semblait avoir toujours ses entrées.

Valentine s'étonna de le voir s'intéresser à cette banlieue d'abord chaleureuse, puis à la dérive, nourrie de menus trafics et de grandes espérances. Il paraissait tout savoir de l'islam, des jeunes beurs, des mafias et des caïds de quartier, des ambitions des filles. Elle se demanda comment il pouvait parler avec autant de finesse d'une épouse encore amoureuse en dépit de la trahison de son mari, une femme aussi forte que désespérée...

*

C'est parce que Raoul savait se mentir à lui-même qu'il était capable de faire vivre des personnages imaginaires. Le mensonge n'était qu'un simple instrument au service de son ambition. Il se vantait même d'être un imbattable traqueur de contre-vérités, capable de débusquer le plus grand mythomane avant même que celui-ci eût commencé à échafauder ses divagations.

*

Cloîtrée dans sa solitude, Valentine ne trouvait de répit que dans les tâches ménagères, en particulier celles qu'exigeait l'éducation de ses deux enfants. Sarah n'allait plus à l'école : l'enfant refusait d'infliger le spectacle de ses crises aux autres élèves. Une institutrice avait accepté, contre rémunération raisonnable, de passer chaque jour trois heures avec elle, admirant son intelligence et déplorant sa tristesse. Nul n'avait su si la fillette s'était rendu compte de ce qui s'était joué aux Enfants Malades, et Valentine s'astreignait à ne pas faire montre envers elle d'une sollicitude excessive. Elle avait cependant la certitude que Sarah avait compris et ne se résignait pas à son destin. Elle passait beaucoup de temps avec son jeune frère à qui elle racontait à voix basse nombre d'histoires qu'elle prétendait inventer. Elle n'avait jamais voulu qu'aucune grande personne, pas même Valentine ou Rosalie, les écoutât.

Joseph semblait plus lent, plus contemplatif que les autres enfants de son âge. Il fallait le laver, le vêtir, l'emmener à la crèche. Valentine se chargeait chaque jour de ces tâches sans jamais s'en décharger sur Rosalie. Rien ne semblait émouvoir ni attrister le garçonnet, si ce n'est l'indifférence de son père. Tout le monde avait remarqué qu'il ressemblait beaucoup à sa mère et tenait peu de Raoul.

Une fois seulement, elle crut voir passer dans l'œil de Joseph un regard qu'elle avait décidé d'oublier sans jamais y parvenir.

Les seuls moments où elle s'appartenait vraiment étaient ceux qu'elle réservait à la reliure. Elle essayait malgré tout d'y consacrer plusieurs heures par jour, d'autant plus nécessaires qu'elle avait de plus en plus de clients réguliers, venus de partout – de Paris même, à sa propre stupeur. Non seulement elle en tirait maintenant un revenu raisonnable, mais elle y trouvait un plaisir sensuel, voire une certaine plénitude.

Quand ses mains et ses yeux ne supportaient plus de se concentrer sur le cuir et la colle, quand les enfants dormaient, qu'elle se sentait soudain trop seule, elle marchait jusqu'au quai des Acacias. Augustin avait pris un gérant et ne s'occupait plus que des achats. Encore ne le faisait-il plus régulièrement, en raison de son mauvais état de santé. Un soir de juin de cette année-là, Valentine le découvrit effondré sur son bureau taché de sang. Elle téléphona à Louise, qui accourut. Les médecins, appelés, diagnostiquèrent un cancer du poumon. Augustin promit de se faire soigner.

De retour à Paris, Louise se dit que la vie était décidément trop absurde pour ne pas chercher à l'envelopper de bonheur. Elle appela son professeur chez lui, tomba sur sa femme à qui elle déclara qu'elle était désolée, mais que son mari était bien l'homme de sa vie. Elle avait essayé de l'oublier, en vain ; elle ne pourrait vivre sans lui. Hugues avait arraché le combiné des mains de sa femme et crié que lui non plus ne pouvait se passer d'elle.

Cécile ne venait plus à Montverche et n'invitait plus Valentine. Elle était toujours aussi absorbée par son enquête, laissant son exploitation péricliter. Elle avait renoncé aux services des détectives et passait tout son temps entre Le Havre et Paris, dans les archives des préfectures et des ministères. Il n'y avait là ni haine ni passion. Juste la hantise de n'avoir pas laissé sa vie investie par un inconnu.

Un jour de septembre 1986, Cécile vint, jubilante, annoncer à Valentine qu'après deux ans de fausses pistes et de témoins sans scrupules, d'impasses et de preuves évanouies, elle venait de découvrir dans les combles d'un couvent de Provence les archives oubliées de certains mouvements de Résistance. Elle en avait appris l'existence par une lettre anonyme : quelqu'un lui voulait du bien et avait souhaité l'aider. Le mystérieux correspondant n'en disait pas davantage. Peut-être était-ce celui qui s'était mêlé d'enquêter avant elle ? En tout cas, il enquêtait fort bien, car, d'après lesdites archives, un dénommé Étienne Rouche était bel et bien entré en février 1944 dans les maquis du Morvan sous le nom de « colonel Dupin », ce qui, lorsqu'on l'avait reconnu et arrêté en 1945, lui avait permis d'échapper au peloton d'exécution malgré sa condamnation à mort par contumace pour collaboration économique aggravée, au Havre, dans les premières années de la guerre. Elle ne trouva rien sur ce qu'il avait pu accomplir dans la Résistance ni sur ce qui lui avait valu le grade de colonel.

Valentine était persuadée que son père avait été un authentique héros. Cécile, elle, ne le croyait pas du tout. Elle pensait qu'il avait dû trahir là aussi tous ceux qui avaient pu croire en lui, et que ce titre de colonel était tout aussi usurpé que celui de commandant de bord dont il s'était affublé vingt ans plus tard. Elle semblait maintenant le haïr.

*

Valentine ne peut se permettre d'altérer le souvenir de son père. Elle a compris qu'il ne lui restera bientôt plus rien d'autre à chérir.

*

Le jour du septième anniversaire de Sarah, le 10 octobre 1986, Raoul téléphona de Genève pour annoncer à Valentine qu'il ne pouvait pas – elle le connaissait – vivre dans le mensonge. Et lui, préférait la sincérité à la fidélité. Il se devait donc de lui dire toute la vérité : il avait une liaison avec une responsable de la télévision suisse romande, Kits Lambert, mais il ne voulait pas pour autant abandonner sa famille. Il avait été déchiré, torturé. Il avait failli par dix fois mettre fin à ses jours, puis il avait pensé qu'il était peut-être malade, à l'instar de sa fille. Oui, il lui arrivait aussi, par moments, de trembler de tout son corps. Mais là n'était pas la question, il garderait ses douleurs pour lui. Il n'avait peut-être, lui aussi, que très peu de temps à vivre. C'est pourquoi il avait décidé d'affronter le monde et de briser les tabous. Un sursaut de dignité, pour rester honnête, vrai, debout. Il trouvait trop absurde cette convention sociale qui forçait les hommes et les femmes à n'avoir qu'un foyer. Il continuerait de venir à Montverche le plus souvent possible, mais il avait juste besoin d'une affection neuve. Pas à la place de, mais en plus de. Il ne pouvait se contenter de vivre dans le souvenir du désir. Il cita Proust, disant qu'on ne se ressert pas d'un plat pour le plaisir qu'on va avoir, mais pour celui qu'on a eu. Il voulait saisir une nouvelle chance d'être amoureux, de vivre autre chose que la simple nostalgie du bonheur. Elle lui répondit qu'il serait toujours le bienvenu à Montverche où sa fille avait besoin de lui. Il parut lui en vouloir de ne pas éclater en sanglots ni de lui faire de scène. Désemparé, il sembla regretter de ne pas avoir à employer les subtils raisonnements sur la modernité de la polygamie qu'il avait préparés à son intention.

Quand Valentine se confia à Louise, celle-ci l'adjura de divorcer. Ce n'était pas si difficile : son professeur allait bien le faire pour elle. Oui, ils allaient vivre ensemble. Elle avait même rencontré ses enfants. Certes, cela n'avait pas été simple : elle avait à peu près l'âge du fils.

Valentine la laissa dire. Pour sa part, elle n'imaginait pas commencer une vie sans Raoul.

Le 16 novembre 1986, Augustin Vinterailh se laissa mourir sans avoir perdu le sourire. Louise arriva aux obsèques accompagnée de Hugues Daurès qu'elle présenta à Valentine. Ils semblaient fort épris. Valentine fut stupéfaite de découvrir un homme fort différent de l'image qu'elle s'en était faite. Elle réalisa qu'au fil de toutes ces années, de toutes ses conversations avec Louise à propos de son amant, jamais elle n'avait songé à lui demander de le lui décrire en détail. Petit, légèrement chauve, affreusement prétentieux, il ne ressemblait pas du tout à ce qu'elle avait imaginé. Leur couple lui sembla si désaccordé et en même temps si passionné qu'il en était pathétique.

Jean Londery arriva en retard au cimetière. Il rejoignit un petit groupe d'hommes âgés que personne ne connaissait et qui se tenaient un peu à l'écart. Après les obsèques, Jean les présenta à

Louise comme de vieux amis de son père. Elle s'étonna de ne les avoir jamais rencontrés.

Valentine fut étonnée de voir Cécile, dont elle n'avait pas remarqué la présence, s'approcher, à la sortie du cimetière, d'un des amis de Jean Londery et lui montrer ce qu'elle prit à distance pour une photo. L'autre la considéra avec surprise, puis s'éloigna en haussant les épaules. Cécile rejoignit alors Jean Londery et lui présenta le même cliché. Ils restèrent longuement en conversation. Puis elle repartit sans même adresser la parole à Valentine.

Raoul aussi était venu. Seul. Valentine remarqua qu'il avait vieilli. Un jour, il cesserait de se croire à même de s'assurer une sorte d'immortalité à coups de mensonges, et il assumerait l'idée de vieillir avec elle. Mais cesser de mentir, c'était renoncer à l'avenir. Le pourrait-il jamais ?

*

Au fond, elle n'aimait que la nostalgie. Elle pensait que rien d'autre n'était aimable que ce que nous n'avons plus.

*
* *

En ce début de matinée du 2 juillet 1989, elle retire le dernier cahier du cousoir ; la couture est terminée. Elle va à la cuisine se servir un café. Le livre est reconstitué. Les tranches sont peintes. Ne reste plus qu'à placer la couverture sur les cahiers et à y coller les marqueteries de cuir.

Avec une pointe, elle fait des encoches dans les deux cartons qui supporteront les cuirs. Elle les fixe sur les feuillets avec de la colle blanche, laisse sécher, arrondit le dos avec un marteau, rentre les ficelles dans les cartons et colle à l'intérieur un papier kraft. Pour cambrer le volume, elle ajoute de la mousseline et des papiers goudron, puis elle fixe les tranchefiles qu'elle a brodés avec des soies de couleur. Ne reste plus qu'à préparer et à poser le cuir.

Encore douze jours, et elle saura.

*
* *

Au printemps de 1987, l'état de santé de Sarah se dégrada. Raoul revenait de moins en moins souvent de Genève. Valentine était désormais seule avec une fille mourante et un fils qui n'avait jamais vraiment connu son père. Il ne lui restait que quelques lumineux souvenirs dont elle avait effacé toute culpabilité. Elle avait trop manqué de bonheur pour se sentir coupable des derniers plaisirs qu'elle avait prodigués, jouissances envolées avant même d'être perçues, comme autant de blessures indolores mais fatales.

*

Ne rien attendre. Vivre sans partage ni espoir. Je l'envie d'avoir su se servir du mensonge d'autrui comme d'une protection contre la méchanceté et la désillusion.

*

* *

10 juillet 1989 : l'acheteur sera là dans quatre jours. Elle a tout le temps de finir. Joseph est à l'école. Sarah très affaiblie passe une grande partie de ses journées à dormir.

Valentine fait dépasser un peu le livre de la presse pour lisser les tranches, avec un fût à rogner, jusqu'à ce qu'elles soient brillantes, polies comme la surface d'un miroir. Elle pose sur les cartons un épais papier blanc qui vient cacher les ficelles et les encoches. Elle ponce les cartons pour obtenir un arrondi vers les bords. Il ne reste plus qu'à fixer dessus la mosaïque de la couverture.

Au fond, relier c'est mentir. Un livre a parfois moins de valeur par son contenu que par son apparence. Il lui est arrivé de se sentir tentée de ne pas même lire les livres qu'on lui confiait, pour ne pas avoir à regretter de les maquiller.

*

Elle a tort. Si le menteur savait que son masque ne peut séduire que ceux qui sont de toute façon décidés à l'aimer, peut-être déploierait-il moins d'efforts.

*

*   *

À la fin de novembre 1987, Raoul reparut à la maison Claudial. Il ne parla pas de Genève où il semblait n'être plus aussi bienvenu que par le passé. Il se dit souffrant, peut-être gravement malade, résolu à passer davantage de temps à Montverche pour se reposer. Il s'engagea dans une longue et virulente diatribe contre « François » qui l'avait laissé tomber. Il annonça qu'il allait nourrir la prochaine campagne électorale des présidentielles de tout ce qu'il avait appris sur sa vie privée de la bouche même du président, lequel avait eu grand tort de lui faire des confidences. Il espérait favoriser ainsi la victoire de ses amis de droite dont il attendait les moyens de recréer une société de production digne de lui. Puis il repartit pour Paris.

Valentine n'avait plus personne avec qui partager ses angoisses. La petite Rosalie travaillait à présent à Dijon. Cécile n'était plus accessible à autre chose qu'à son obsession : elle trouverait, dût-elle gratter le sol avec ses ongles jusqu'à la fin de ses jours. Louise vivait maintenant avec son professeur ; elle semblait seulement légèrement contrariée d'avoir à faire la cuisine pour les deux grands enfants.

Au début de l'été 1988, alors que la France célébrait la réélection de François Mitterrand, Valentine sombra dans le désespoir. Jamais elle n'aurait pensé ressentir un jour aussi profondément la déception d'exister.

*

* *

Ce 28 juin 1989, elle feuillette le volume qui sèche et lit une phrase qui lui rappelle cette période-là de sa vie : « J'étais enfermé dans le présent comme les héros, comme les ivrognes. » Et elle n'a rien d'une héroïne.

*

* *

À l'automne de 1988, l'état de Sarah empira. Rien ne semblait pouvoir calmer sa douleur. Valentine ne savait plus que faire ni comment tenir. Elle songea à abréger les souffrances de la petite, puis à mettre fin à ses jours.

Raoul téléphona de Paris pour annoncer qu'il avait rompu avec Kits. Il avait besoin d'un peu de temps pour se soigner ; il ne voulait pas imposer à Valentine la présence d'un autre malade. D'un très grand malade. Il ne pouvait lui dire de quoi, mais il allait se soigner, seul, dans sa tanière, et, une fois guéri, reviendrait à Montverche si elle voulait encore de lui.

C'était la quatrième fois qu'il lui faisait cette promesse.

*

* *

Dans trois jours, il sera là. Valentine finit d'installer la couverture du livre. Elle en a dessiné chaque élément : un paysage de bord de mer mêlé à une fête brillante dans un salon parisien. Tout cela dans une mosaïque de cuirs bleus pour le paysage, rouges pour le salon. Elle a soigneusement choisi les cuirs : quatorze tonalités différentes. Elle les a assemblés, posés sur la pierre à parer, grattés doucement avec un couteau pour en amincir au maximum les bords.

Elle aime ce moment où s'achève une reliure. Le rituel est immuable. Elle va se faire du café, puis retourne dans son atelier, s'assied sur le fauteuil de son père, boit la tasse de café à petites gorgées, et range ses outils.

Il lui reste à tracer le signe qu'elle laissera sur cette couverture avant de la fixer. Le signe qu'elle a fait figurer sur tous les livres qu'elle a déjà reliés.

À l'ombre des plages de Balbec, à côté des falaises sombres et des parasols de lumière, elle grave la silhouette de l'oiseau beige et gris qui s'était jadis posé, au cimetière, sur le cercueil de son père.

7

Sarah mourut à l'aube du 5 mars 1989. Sa fin fut douce. Avant d'atteindre les dix ans, l'enfant en avait eu assez de lutter. Le docteur Lucas avait recommandé qu'on la ramenât aux Enfants Malades ; Valentine n'avait pas voulu. Elle avait appelé Raoul qui était revenu précipitamment de Paris.

Tous les quatre étaient restés enfermés dans la maison Claudial à rire ensemble. Sarah regardait ses parents avec ravissement, toute fière de penser que l'aggravation de son mal avait pu les rapprocher. L'un et l'autre jouaient la comédie sans s'être concertés. Ils faisaient même lit commun pour que Sarah ne se doutât de rien si elle venait à les y rejoindre. Pourtant, ils savaient qu'elle n'en avait plus la force. S'ils dormaient encore ensemble, c'était comme une chaste offrande à la douleur de leur fille.

Un matin, Raoul entraîna Joseph dans le parc. Valentine les regarda s'éloigner vers le fleuve pour une longue promenade. L'adulte parlait sans désemparer. L'enfant écoutait intensément en levant autant qu'il pouvait sa petite tête. Près de la clôture, ils s'arrêtèrent ; Raoul mit sa main sur l'épaule de son fils tout en le fixant droit dans les yeux. Puis ils reprirent leur route, peut-être à pas plus lents.

À leur retour, Joseph se précipita dans la chambre de sa sœur et s'y enferma. Raoul semblait comme délivré, presque gai.

Le lendemain matin, on trouva Sarah morte dans son lit, Joseph endormi à ses pieds.

Raoul quitta immédiatement la maison Claudial et n'y revint que pour les obsèques.

Louise y assista aussi. Elle avait quitté Hugues Daurès, vivait seule et attendait un enfant.

Quand Valentine l'interrogea, Louise laissa tomber : « Tu sais, finalement, l'homme de ma vie, je crois bien que c'est moi. »

Le 13 juillet 1989 à onze heures du soir, Valentine place le dos du livre sur le faux dos, le pose debout sur la table, le façonne avec les mains avant que le cuir ne sèche. Puis elle travaille les coiffes avec le plioir en os, comble les plats intérieurs et colle les papiers de garde décorés.

Le livre est terminé. Sur la couverture grise et bleue, les paysages de Balbec dessinent une lente procession de rêves.

Elle ne se décide pas à glisser l'ouvrage dans son boîtier, à en finir vraiment. Pourquoi ce geste lui donne-t-il l'impression d'une mise en bière ?

Il fait très beau. Le commanditaire sera là demain après-midi.

Valentine fait la cuisine pour Joseph. Rien que des choses simples qu'elle aimait naguère préparer à l'intention de Sarah. Et aussi pour Raoul.

Pourquoi l'associe-t-elle à ce volume qu'elle tient entre ses mains ? Et si c'était lui qui le lui avait envoyé ? Si c'était sa façon de lui annoncer son retour définitif ?

*

Elle ne sait pas encore qu'elle m'attend. Elle l'ignore depuis ce jour où je lui ai dit que je ne me sentais pas le droit d'être amoureux, parce que je ne me sentais pas celui de mentir. Elle ne sait pas encore que j'ai choisi Proust pour lui faire comprendre que le bonheur surgit dans la rencontre entre les incertitudes du futur et la douceur du souvenir.

*

Ce 14 juillet au matin, Cécile rappelle Valentine. Sa voix est plus sombre, plus suppliante que jamais. Il faut absolument qu'elle vienne la retrouver à Aurygnan. Elle a encore beaucoup de choses à lui apprendre.

Valentine n'a plus peur de ce qu'elle pourrait découvrir. C'est comme si son patient travail sur le volume de Proust l'avait rendue invulnérable.

Traversant des villages décorés de drapeaux et se préparant à défiler en fanfare, elle fonce jusqu'à Aurygnan. Elle entre dans la propriété. Un ouvrier aide Charles à charger une remorque. Ils saluent de loin Valentine qui pénètre dans la maison et trouve Cécile couchée, sans forces et pourtant sereine, libérée de l'énigme qui pesait sur sa vie.

Elle a terminé son enquête. Tout est désormais en place.

Il lui a fallu treize ans, depuis la mort de son mari, pour tout mettre au jour. Pourtant, tout était là sous ses yeux, depuis le commencement. Ah, si elle avait voulu voir... si tout le monde avait voulu voir... Un instant, si Valentine veut bien patienter...

Cécile est prise d'une quinte de toux, elle suffoque, avale un verre d'eau, ferme les yeux, les rouvre puis reprend.

Étienne Rouche travaillait bien au Havre pour le compte du ministère de la Marine. Quand Vichy devint la capitale de la collaboration il ne démissionna pas. Son rôle consista à préparer, sous les ordres d'un jeune sous-préfet, les expropriations des armateurs ayant des liens avec les États-Unis. Le jeune sous-préfet se nommait Jean Londery.

Oui, c'est bien cela, le relieur de Dijon. Valentine va comprendre. Un peu de patience. Elle n'est pas au bout de ses surprises. Londery figurait sur la photo du journal havrais. Valentine ne l'avait donc pas reconnu ? Cécile, elle, ne s'y était pas trompée, le jour où elle l'avait croisé, au cimetière, pour les obsèques d'Augustin Vinterailh.

En février 1941, Étienne Rouche fit exproprier la compagnie d'armement naval des Claudial. Le vieux Claudial et sa femme vinrent le supplier d'interrompre les procédures et lui proposèrent de lui faire don, en échange, d'une très belle demeure qu'ils possédaient dans le Morvan. C'était la première fois qu'Étienne entendait prononcer le nom de Montverche. Il accepta et, en échange de l'annulation de l'ordre d'expropriation, leur acheta la maison pour une bouchée de pain. Mais, au moment où il rapportait définitivement la mesure de confiscation, son service était passé sous les ordres directs des Allemands. Il n'avait plus pu rien faire, les expropriations étaient devenues irrévocables. Sans compter que les Allemands avaient trouvé dans l'entreprise la preuve que les Claudial travaillaient activement pour la Résistance, sous couvert de leur métier d'armateur. Le vieux Claudial fut aussitôt arrêté avec toute sa famille. Étienne vint les voir au camp de Compiègne et leur promit de les faire libérer. Mais, avant qu'il ait pu tenter quoi que ce soit, ils avaient été expédiés à Buchenwald dont ils n'étaient jamais revenus. Ils y étaient partis un 22 avril. Exactement le jour où, chaque année, le notaire Me Lavelloux-Graël, venait rituellement inspecter la demeure.

Un peu de patience, réclamait Cécile d'une voix fébrile à Valentine, impassible. Tout allait s'expliquer...

Étienne passa alors à la Résistance. Il fut l'un des chefs d'un réseau qui réussit, au moment du débarquement, à ralentir, par des coups de main follement audacieux, la remontée vers Caen des renforts allemands. Il devint le colonel Dupin. La guerre finie, ayant récupéré une partie du butin qu'il avait secrètement accumulé au Havre, il vint à Montverche pour prendre possession de sa maison, mais n'osa le faire, s'apercevant qu'il était recherché sous sous vrai nom comme criminel de guerre.

C'est là qu'il rencontra Augustin Vinterailh. Oui, le père de Louise. Lui et Antoine se connaissaient depuis la guerre.

Une surprise de plus que Cécile n'avait pu découvrir, comme le reste, que grâce à un témoignage anonyme reçu juste après le décès d'Augustin. Toujours, semblait-il, de la part du correspondant mystérieux qui la précédait partout dans son enquête. Il lui avait conseillé notamment d'aller examiner les livres exposés dans les vitrines intérieures de la librairie. Elle comprendrait.

Oui, il s'agissait des ouvrages que Valentine elle-même avait remarqué sur un coin de cheminée, chez Augustin. Ces livres d'écrivains « collabo ». Comme un défi d'Augustin, un hommage à son passé, juste avant de mourir.

À l'époque des faits, Vinterailh était un intellectuel d'extrême droite, journaliste à *Je suis partout*, un ami de Brasillach ; il venait de quitter Paris pour se replier à Montverche, où il avait des attaches, parce qu'il avait le sentiment que l'Allemagne perdrait la guerre et que le monde, après cela, courrait vers le néant. Il s'était fait libraire, attendant que ses amis de Vichy aient besoin de lui. Ce qui ne tarda pas.

Augustin aida d'abord Étienne en faisant mettre la maison Claudial au nom de M⁰ Lavelloux-Graël et en lui fournissant des papiers au nom d'Antoine de Lérieux, officier de marine. Il en aida d'autres à fuir ou à changer de vie : ainsi l'ex-sous-préfet Londery, qu'il installa comme relieur à Dijon.

Cécile aurait voulu vérifier tous les détails avec Augustin, mais le bouquiniste était mort et le notaire avait quitté la ville dès le lendemain de son acquittement.

Valentine se souvenait-elle du fameux procès ?

Celle-ci rougit, se mit à transpirer et à trembler. Elle n'avait pas oublié.

Cécile marqua un temps avant de reprendre son récit d'une voix affaiblie, saccadée.

Tout semblait rentrer dans l'ordre et l'oubli quand Étienne fut reconnu par l'un de ses anciens employés et arrêté. Dépouillé de ses titres de résistance, il partit pour la prison. Grâce au montage d'Augustin, personne ne trouva le Château Claudial parmi les autres biens qu'il s'était appropriés. À sa sortie de prison, il n'osa pourtant le récupérer. Il se fit oublier pendant huit ans avant de revenir à Montverche sous le nom d'Antoine de Lérieux, commandant de la marine marchande, pour essayer de remettre la main sur la maison Claudial. Il se fit aimer d'Orane, voisine de cette propriété inaccessible. Il vécut quatre ans sans oser renoncer à son alibi et au faux nom qui l'empêcha d'épouser la mère de Valentine. Puis il rencontra Cécile, sans doute la seule femme dont il fût vraiment tombé amoureux... Oui, c'est ce que Cécile croyait. Elle le croirait toujours. D'ailleurs, Etienne n'avait-il pas pris le risque de l'épouser sous sa véritable identité ? Mais, pour ne pas tout faire resurgir, et peut-être aussi par habitude, voire par plaisir, il avait continué à mener sa double vie. Peut-être aussi, Cécile devait bien en convenir, parce qu'il aimait Valentine.

*

Valentine est donc passée à côté de son père. Elle aurait pu tout apprendre de lui. Si j'avais été là, j'aurais su le faire parler comme j'ai si souvent su faire parler à sa place les archives. Il ne demandait que cela !

*

Ce 14 juillet en début d'après-midi, Valentine, de retour d'Aurygnan, trouve un message de Raoul sur son répondeur. Il revient ce soir à Montverche. Il a reçu commande d'un nouveau film, un projet formidable en Pologne, une demande personnelle de Lech Walesa. Il faut qu'il s'isole pour le mettre au point. On tournera avant la fin de l'année. Il y aura un petit rôle pour Joseph. Occasion unique de faire découvrir à son fils la nature exacte de son travail. De rattraper tout le temps perdu. Il prend la route. Il sera là pour dîner. Sa maladie ? Il va beaucoup mieux, merci. Il a besoin d'elle. Elle le comprend si bien. Aimer, n'est-ce pas réinventer sans cesse sa relation avec l'autre, l'alimenter de frayeurs, de colères, de soupçons, de ruptures et de retours ? Valentine verrait : ils vieilliraient ensemble.

Il est dix-huit heures vingt. Le livre est prêt. Le commanditaire est en retard.

Et si tout cela n'était qu'une mystification ?

Il ne faut pas qu'il croise Raoul.

Pourquoi ce livre est-il comme un rival de Raoul ?

Le téléphone sonne. Raoul, pour prévenir de son arrivée ? Non, le concierge de l'hôtel de la Vénerie.

Un homme est passé. Il a réservé une chambre. Il était pressé. Il a demandé qu'on avise Valentine de son retard. « Je ne l'ai pas reconnu. Huit ans déjà ! Il a vieilli », commente le concierge avant de raccrocher.

Elle ressent comme un éblouissement au fond de son ventre. Elle a deviné. Elle sait.

Il avait dit que le goût de la vérité lui interdisait d'être amoureux. Il avait murmuré : « Je pourrais, là, tomber amoureux fou de vous, pour la vie, et ne jamais vous le dire. »

*

Jamais, depuis le premier instant de notre rencontre dans la librairie, jamais un seul jour ne s'est écoulé sans que je pense à elle, sans que je me préoccupe d'elle, sans qu'elle reçoive quelque chose de moi, directement ou indirectement. Des livres à relier. Des nouvelles de son père. Qui d'autre que moi aurait su mener l'enquête à son sujet et guider Cécile dans ses recherches ? Ce fut ma façon de l'aimer, de la protéger de ses hantises. Sans pour autant entamer sa solitude. Car, de cette solitude, elle ne sortira pas. Les femmes n'en sortent jamais.

Les hommes non plus, d'ailleurs. Mais eux, enfants aux rêves illimités, l'ignoreront toujours.

*Impression réalisée sur CAMERON par
BRODARD ET TAUPIN
La Flèche*

*pour le compte des Éditions Fayard
en mars 1999*

Imprimé en France
Dépôt légal : avril 1999
N° d'édition : 4816 – N° d'impression : 6977V
ISBN : 2-213-60339-1
35-33-0539-01/3